盘古智库谈 "一带一路"

ONE BELT ONE ROAD

Pan Gu Zhi Ku Tan　　Yi Dai Yi Lu

盘古智库　编著

山西出版传媒集团

山西经济出版社

图书在版编目（CIP）数据

盘古智库谈"一带一路" / 盘古智库编著.— 太原:
山西经济出版社，2015.9
　　（盘古智库谈天下）
　　ISBN 978-7-80767-945-5

　　Ⅰ.①盘… Ⅱ.①盘… Ⅲ.①区域经济合作—国际合作—研究
—中国 Ⅳ.①F125.5

中国版本图书馆 CIP 数据核字（2015）第 206597 号

盘古智库谈"一带一路"

编　　著：盘古智库
出 版 人：孙志勇
策 划 人：张宝东
责任编辑：熊汉宗
复　　审：任　冰
终　　审：张宝东
装帧设计：阎青华　　谷亚楠
出 版 者：山西出版传媒集团·山西经济出版社
社　　址：太原市建设南路 21 号
邮　　编：030012
电　　话：0351-4922133（市场部）
　　　　　0351-4922085（总编室）
E－mail：scb@sxjjcb.com（市场部）
　　　　　zbs@sxjjcb.com（总编室）
网　　址：www.sxjjcb.com
经 销 者：山西出版传媒集团·山西经济出版社
承 印 者：山西新华印业有限公司
开　　本：787mm×1092mm　　1/16
印　　张：12.5
字　　数：130 千字
印　　数：1—6000 册
版　　次：2015 年 9 月　第 1 版
印　　次：2016 年 1 月　第 1 次印刷
书　　号：ISBN 978-7-80767-945-5
定　　价：42.00 元

本书编委会

编委会主任： 易　鹏

编委会成员（排名不分先后）：

冯维江　赵　磊　易　鹏　许维鸿

陈秋霖　孙志明　何　帆　王　栋

管清友　吴必虎　吴志峰　张　明

雪　珥

　　盘古智库是一个在 2014 年初成立的年轻机构，我创办这个社会智库，根本原因是怀着一份责任，一份对国家和民族的感情。现在是改革关键期，也是一个战略机遇期，我相信如果在这个关键节点上，中国能够把握战略节奏，走对关键的几步，必然能够用最低的成本实现伟大复兴，全面实现中国梦。所以，盘古智库凝聚了 55 位国内顶尖的青年学者，尝试用一些创新的方法来研究公共政策和经济问题，立足于为国家政府和转型期的企业提供切实可行的政策建议和战略建议，帮助国家和企业在关键节点选择正确的发展方向。在历史的潮流中，一个人的力量是渺小的，但是我愿意为之付出自己的全部努力。

　　虽然智库成立的时间很短，但是还是取得了一些小小的成绩。而这套《盘古智库谈天下》系列丛书就是我们的成果之一。这套书的选题将

贴近国家发展的重大战略问题，总结整合盘古智库的研究成果和智库学术委员的个人思考，成系列的不断出版。我希望它能够成为一套具有前瞻性、战略性、实用性的综合大型系列图书。尽管现在才刚刚起步，但是我相信她会随着盘古智库的成长而不断丰富。

这套丛书的写作和出版很好的践行了盘古智库"天地人和，经世致用"的理念。所谓"天地人和"，第一，就说智库的研究要顺应时代的趋势，推动全社会的共识。我们现在研究的主题包括：创新创业、一带一路、京津冀一体化、城镇化等内容，都是国家发展的重大战略问题。而随着智库研究领域的不断拓展，这套丛书的选题还会不断丰富起来。第二，在讨论这些问题的时候，来自社会各方面的不同声音很多，这就需要智库能够有一种包容的心态来聆听，更要有一个独立的意志来鉴别、研究和判断，最后要通过自己的研究成果来不断推动社会共识，让大家按照一个统一的路径前进，向着共同的目标奋斗。第三，盘古智库作为一个开放的平台，还是要不断地凝聚更多的多人才，汇聚大家的思想，并把他们发掘好，整理好，编辑好。

"经世致用"这个理念就是要求智库的研究成果能够对社会实践起到

指导作用。盘古智库的研究成果主要针对三类受众：第一，是党和国家高层。第二，是地方各级政府。第三，是各类企业。要让我们的成果真正做到受众愿意看，对受众有作用，是我们最大的追求。敢说"经世"就必须能够保证研究的质量和前沿性，否则就是误国误民；要"致用"就是要保证我们的研究成果符合实际情况，具备可操作性。在这方面，我们也在进行着研究方法的创新。盘古智库在选择研究人员的时候非常重视研究人员的经历和经验，注重研究人员的复合学术背景和实践工作经验。现在研究问题光靠一个人是不够的，要搭建一个团队，这就要求研究团队在建设的时候要注意人员知识结构、人生经历的互补性。现在面对复杂问题的研究要注意不同学科之间的跨界，要注意对实际情况的掌握。盘古智库在搭建一个课题团队的时候，要有纯学术人才，而且这些专家的学术背景要有差异，要互补充，要来自不同的学术机构；同时也要有一些行业内的专家，具体从事实践工作的一线人员；还要有些公务员。这样，从研究团队的结构上保证研究结果是有理论高度的，是深刻的，也是接地气的，可操作的。同时，在研究方法上智库非常重视实地调研，多跑多看。了解实际情况后，对于解决这个问题有巨大帮助。

  "盘古智库谈天下"系列丛书能够顺利出版，还是要感谢这些在智库建设中不断给予我帮助的兄弟姐妹们。系列丛书的出版，是对智库成绩的总结，也是对他们最好的回馈。同时，盘古智库作为一个新型的社会智库，将会一如既往的坚持开放和包容的价值观，希望更多的朋友对本丛书提出宝贵的意见和建议，也欢迎更多的朋友来到盘古智库这个思想平台上共同合作、交流。

盘古智库理事长、盘古智库学术委员会委员：易鹏
2015 年 8 月 19 日

序　言

　　"一带一路"是中国在新的历史时期提出的宏伟战略，这一战略涵盖经济与政治方面的考虑，兼顾国际和国内因素，高屋建瓴，纵横捭阖，体现出极高的决策智慧。

　　从战略的提出到政策的落实和执行，需要一个酝酿和细化的过程。在这一过程中，智库的作用将得到充分的体现。毋庸讳言，在当前的"一带一路"研究中，尽管有不少深入的探讨，但也存在着大量浮躁和片面的跟风文章。然而，从某种角度讲，应对这种研究"泡沫"持一定的宽容。正如市场上的供给和需求并非时时刻刻相等一样，政策研究供给和需求也会出现或多或少的脱节。一个较为典型的成熟市场经济，应该是供给略大于需求，在经济发展的特定阶段，可能会出现由于竞争过度而出现的"产能过剩"。在某些情况下，产能过剩会加速技术进步、产业

升级，这可以从汽车行业的兴起、互联网的兴起等历史事件中得到印证。但在另一些情况下，产能过剩也会导致资源浪费，甚至导致泡沫的崩溃，整个市场都会出现信心危机，这在光伏产业的过度膨胀等案例中也能找到教训。判断产能过剩是否最终能有利于技术进步，要看到底是自发的竞争，还是无序的投机，或是政府包办干预。政策研究也是一样。一个政策应有几套备选的方案，方能通过比较，选择出最优的选项。围绕着"热门话题"的讨论，在某种程度上集中了资源的配置，激发了思想讨论，各种不同的观点相互撞击，更有利于迸发思想的火花。中国改革的初期围绕"实践是检验真理的唯一标准"的大讨论，以及 20 世纪 80 年代的思想争鸣，或可为证。

在提出"一带一路"战略的同时，中央还出台了鼓励新型智库的政策。中国并不缺智库，除了中国科学院、中国社会科学院、国务院发展研究中心等智库之外，很多政府部门内部也有自己的研究所，大学里也有很多研究所、研究中心，为什么还要提倡新型智库的建设呢？

一个重要的考虑或许就是通过竞争，激发思想的创造力。体制和机制的僵化束缚了传统的智库，导致其在政策研究的供给方面不足，或是

生产的产品与政府的政策需求脱节。在传统的体制下,似乎只有"钦定"的智库才有资格研究重大的战略问题,而其他研究者只能望洋兴叹。

但在"一带一路"的研究中,我们却能够看到一种新的态势:民间智库在很大程度上比官方智库的研究还要更加活跃。八仙过海,各显其能。研究经济的学者在讨论"一带一路",研究金融的学者也在讨论"一带一路";研究国际政治的学者在讨论"一带一路",研究文化传播的学者也在讨论"一带一路"。由于很多学者是从四面八方聚拢来的,他们中有很多人并没有丰富的政策研究经验,所以最初的研究成果难免略显单薄、平淡,甚至可能还有各种各样的错误,但随着研究的深入,相信会有更多更好的研究成果问世。

"春山磔磔春禽鸣,此间不可无我音。"盘古智库是一家新兴的社会智库,但在围绕着"一带一路"的讨论中,也力争发出自己的声音,贡献自己的力量。本书汇集的就是盘古智库在前期围绕"一带一路"战略的第一批研究成果。如果我们以此为案例,或可发现以盘古智库为代表的社会智库在参与政策讨论中的突出特点。

特点之一是速度快。盘古智库在刚刚成立,人员资金尚未到位的时

候，就已经开始组织"一带一路"战略的研究，并于2014年12月发布了研究报告，提出构建中国H型大战略，形成中国国内天元区域发展，构筑"一带一路"大自贸区，重建亚欧伙伴关系等构想。所谓H型大战略，是指打通三大洲即亚、欧、非，融汇三大洋即太平洋、印度洋和大西洋，这在全球版图上呈H型布局。所谓"天元战略"是指以西安、郑州、长沙、武汉、重庆、成都等城市为重要节点，组成一个城市带，对接一带一路战略和京津冀、长江经济带战略，平衡中国区域发展格局。这些新颖的提法很快得到了国内外媒体的广泛关注。

特点之二是重交流。盘古智库汇集了来自学术界、企业界和政府部门的50多位学术委员，这些学术委员都是各自研究领域的高手。高手云集，自然精彩纷呈。盘古智库自成立之初就形成了开门办智库的风格，非常重视研究平台的搭建。在学术委员会微信群里，每天都有热烈的讨论，一浪高过一浪。在盘古智库的香山书院里，高朋满座，群贤毕至，少长咸集。参与"一带一路"讨论的不只是学术委员们，围绕着"一带一路"战略，盘古智库组织了多场研讨会，邀请了企业家、地方政府官员、学者，以及国外的外交官等，深入讨论，激发头脑风暴。香山书院

里有一个亭子，叫"快然亭"，即取义于王羲之《兰亭集序》中的"欣于所遇，暂得于己，快然自足，不知老之将至"。在盘古智库，每天都会有这样的感慨。

特点之三是多视角。盘古智库的学术委员中不仅有经济、金融方面的专家，还有国际政治、历史学领域的专家。研究"一带一路"，必须从多个学科的角度洞察。盘古智库曾经邀请了国内著名的中亚历史、地缘政治方面的专家，开了两天的研讨会，对圈子里的学者来说，这是一次难得的高手过招，参会的其他专业学者则大呼过瘾，开了眼界。在设计"一带一路"系列研究的时候，盘古智库非常重视突出多学科的特点，比如专门布置了关于土耳其的国别研究，从农业的角度探讨"一带一路"战略中的合作机会等。

特点之四是有激情。和传统智库门户森严的风格不同，盘古智库是个非常年轻、非常扁平化的组织，从另一个角度来讲，盘古智库也是一家创业组织。易鹏理事长从国家发改委辞职，创办了盘古智库，创始人的风格在很大程度上影响了组织文化。易鹏为人豪爽，精力旺盛，好学不倦，才思敏捷。他有一种湖南士子敢为天下先的气质，尽管湖南腔的

普通话讲得令人费解，但那种酣畅淋漓的激情始终飞扬，让周围的人不能不受到感染。盘古智库是一群志同道合者的聚会，这里是梦想和激情交汇的地方。读者从本书选辑的各篇文章中，很容易感受到作者们为国分忧、心怀天下的情怀。

由于时间仓促、水平有限，本书的内容自然有疏漏舛误之处，诚望各位方家指正。对于参与讨论的各位作者来说，此书是对一段激情燃烧岁月的小小纪念。是为序。

盘古智库学术委员会委员：何帆

2015 年 8 月 12 日

目 录

CONTENTS

"一带一路"跨区域战略勾画

——对外走出去内在转型同步

文\冯维江

盘古智库学术委员，
中国社会科学院世界经济与政治研究所国际政治经济学研究室主任

〔**导读**〕

自 2014 年年初习近平总书记提出"一带一路"经济区的战略构想以来，从中国最高领导层，各部委再到地方区域都有许多行动。从地理分布来看，"一带一路"是人类文明的发源地，也是多种文明的交汇之所。稠密的人口和丰富的资源，说明了巨大的经济潜力。但是同样不稳定的政治，落后的基础设施，也意味着区域整合的艰难。2014 年 12 月 21 日，盘古智库发布了《丝绸之路大自贸区建设构想》研究报告，这一由年轻学者为主提出的独立智库研究报告，对整个"一带一路"做了全面战略勾画，那么这样一个大自贸区是怎么样的顶层设计，又有哪些具体的改革措施？《南方都市报》就此报告专访了课题组成员、盘古智库学术委员、中国社会科学院世界经济与政治研究所国际政治经济学研究室主任冯维江副研究员。

《南方都市报》（以下简称《南都》）：自由贸易区今年可谓是一个热潮，你们的报告既提到了国内要建立自贸区，又提出了"一带一路"大自贸区的概念，这之间有什么样的差别，有着怎么样的意义？

冯维江：自由贸易园区、自由贸易试验区和自由贸易协定是三个不同的概念。国内不少自由贸易区实际上指的是保税区之类的自由贸易园区，划出一片地方，享受优惠政策，一般意义上属于政策洼地。上海推行的自由贸易区，准确说叫自由贸易试验区。与自由贸易园区不同，在某种意义上说正好相反。它不是政策洼地，更像是压力测试区。测试我们一旦实施负面清单管理、准入前国民待遇等所谓"高标准"时，国内政府管理和产业发展能否经受住冲击。自由贸易协定（以下简称FTA）所对应的自由贸易区，按照世界贸易组织的解释，是指两个以上的主权国家或单独关税区通过签署协定，在世贸组织最惠国待遇基础上，相互进一步开放市场，分阶段取消绝大部分货物的关税和非关税壁垒，改善服务和投资的市场准入条件，从而形成的实现贸易和投资自由化的特定区域。其成立是基于国家之间的协议而非国内法规。我们的报告提出"一带一路"大自由贸易区，既包括基于国内法规设立的自由贸易园区部分，也包括基于国家间自由贸易协定成立的自由贸易区部分，同时也可以承担先行先试的压力测试任务。其中，自由贸易区同时涉及国内与国

际的协调，是工作的重点和难点。仅就自由贸易区来说，目前我们已经和很多国家在谈判或已签订自由贸易协定。梳理这些协定，大概可分三类。第一类，只要对方承认中国的市场经济地位，我们就和对方签订自由贸易协议。第二类是和能源以及原材料产地签自由贸易协议。第三类是对中国经济有较大不对称依赖的国家或地区。所以你可以看到，自由贸易协定实际上不是一个单纯的经济考虑，而是一个综合考虑。自由贸易协定（FTA）本质上是公共部门对私人部门的让利。对哪些国家私人部门让利，以何种形式和程度让利是有选择性的。特别是对大国而言，签订FTA更是一种寻找朋友的政治决断，经济利益和战略利益要统筹考虑。

《南都》：那么具体而言，"一带一路"区域战略对于中国有着怎样的现实意义？

冯维江："一带一路"战略选择是有现实意义的。一方面，该战略不仅是一个外向型选择，而且还是一个内部调整战略。中国的产业现在面临转型，一些产业看整体是"过剩产业"，但是要细分的话，其中某些领域过剩，另外一些领域则未必。比如钢铁产业，普通建筑钢材可能是过剩的，但是许多特种钢则是产能不足的。所以需要考虑到这种产业结构上的差异，准确定位哪些是真正的"过剩产能"，再看看"一带一路"上有些国家对这些领域产品有没有需求，通过适销对路的产业溢出来解决国内的产能过剩问题。从这一点上讲，"一带一路"有解决过剩产能、

维护国内就业的功能。另一方面，"一带一路"还为我们增加对欧合作提供了平台。中国和欧洲分处"一带一路"的两端，与中间地带相比，拥有相对更好的发展表现，有力量也有道义责任为跨区域大合作做出更多贡献。在此过程中也能够增进中欧双边的信任与合作，降低美欧"跨大西洋贸易与投资伙伴协议"（以下简称 TTIP）谈判将中国在世界中美欧大三角关系中边缘化的风险。

《南都》：历史上"一带一路"区域长期是文明发达、经济繁荣的地区，但就现实而言，这一区域政治上长期动荡，基础设施落后。要求较高的自由贸易区是否能够在这一地区落地推广？

冯维江：这里必须要看到中国的一体化思路和欧美一体化思路的差异。就其本质而言，欧美倡导的新自由主义发展观，是一种制度改革导向的发展路径，其假定是如果一个国家政治透明度低、经济管制程度高、金融自由化或深化不足，那么在这些国家进行投资的风险就很大，还可能会助长其国内的腐败等问题，所以应该先要求它开展制度改革，实现市场化、自由化等，而援助和投资应当与这些改革绑定，有改革就有援助，不按照要求来，甚至要撤回援助。这种自上而下的改革与发展模式，可能降低了援助者的风险，但是被援助国的风险就非常大。基础设施导向的发展路径就不一样。其假定是非常朴素的自下而上的"要想富，先修路"。路一旦通了，本地的劳动力、资源、资金等就能够通过基础设施互联互通接入全球市场，享受全球化带来的好处，一旦基层民众享受到

了这些好处，观念也会随之逐渐发生变化，上升的欲望就会进一步要求制度上和观念上的开放与改革，推动整个国家更好地融入现代世界经济网络。这也是中国自己的基本经验。但鞋子合不合脚，只有自己才知道。每个国家都应当选择适合自己的道路，这是各个国家的权利，也是各个国家的责任，但归根结底还要看各国自己的战略决断。所以，"要求较高"的自由贸易区要在"一带一路"落地生根，很可能是一个自下而上的渐进过程，面临的挑战会更多，也需要更多的战略耐心，当然未来的回报也可能更大。

《南都》：除了对外经营"一带一路"大自由贸易区和建设欧亚铁路的 H 大战略，同时也提出了国内的区域产业升级，那么这两者之间怎么协调，会不会有冲突？

冯维江：对外合作战略必须要有坚实的国内基础，才能得到持续有效的执行。马歇尔计划之所以能顺利实施，很大程度是因为获得了美国国内的支持。美国国内很清楚这一计划能够解决国内富余产能和就业的问题。企业能得到订单，工人能维持甚至增加工作，皆大欢喜。"一带一路"提出后，国内有一些不理解的声音，认为国内基础设施和经济发展水平尚不平衡，中西部地区还有很大的缺口，为什么不去弥补国内缺口，而是要动用外汇储备去搞海外投资。实际上，外汇储备是人民银行发行货币从出口部门等取得的，不可能再次用于国内。而资产对外的合理运用，可以带动国内的生产、出口和就业。除此之外，更重要的是能

够推动人民币的国际化，这对于国内经济主体在全球配置资源能力的提升是有非常大的好处的。我们提 H 大战略、天元战略时，也是希望把对外的自由贸易区与国内的促进区域产业升级的自由贸易园区互相补充的逻辑理顺，把这个道理讲清楚。在详细的规划中，会考虑到国内不同地区和"一带一路"不同国家的特定情况，做到"一地一策"和"一国一策"，实现国内与国外发展策略的贯通，保证"走出去"和经济转型的同步。

《南都》：报告中专门有对新疆和长江流域进一步开放的部分，对面向未来和世界的"一带一路"而言，这样两个区域有着怎么样的重要意义？

冯维江：我们以前说内陆边疆地区，一般认为其区位开放条件较差，开发也不足。但是实际上，这些地区将成为中国进一步发展的战略回旋空间。大国和小国不同。大国有腹地，小国没有腹地，所以小国是国际"价格"的接受者，是国际风险或者外部冲击的被动接受者。大国因为战略回旋空间足够大，所以可以更好地应对外部冲击乃至影响国际环境。通过"一带一路"、长江经济带等战略的实施，中国可以把传统的对"稳定"有很高需求的地区，转变为发展导向的地区。通过大量的安全方面的投入来维持"不出事"的局面，并不是真正的安全状态。大量的生产性资源被耗费到安全领域，其效果大致等同于破坏性事件发生造成同等规模的损失。内陆与边疆地区的开发，只有真正把当地生产要素的活力

释放出来，使其能够通过市场机制充分实现价值，只有把当地的利益与国家整体利益通过好的机制捆绑起来，才能为稳定提供持续的基础，最终实现不需要那么多安全领域的投入，也能够维持和平稳定发展局面的效果。长江经济带穿过中国的中心地带，在围棋上中心即是天元，这是决定成败之争夺的关键点。天元战略就是要以西安、郑州、长沙、武汉、重庆、成都组成一个"天元战略"城市带。这个城市带覆盖了传统的工业聚集区，虽有雄厚的老工业基础，但同时也意味着调整起来相对困难，产业升级的负担较重。现在通过联通内陆沿海的长江经济带和沟通国内外的"一带一路"，有望实现跨区域整合发展，统筹解决单一地区难以解决的问题。

《南都》：和其他国家比较，中国在区域自由贸易区的建设中，最大的比较优势是什么？短板又是什么？

冯维江：中国的比较优势很多，第一，中国是唯一各种产品门类齐全的国家，不管是普通生活资料，还是大型的基础建设的机械，中国能对产业的合作和发展提供向上走的基本支撑。第二，中国的市场很大，其他国家需要这样的市场。第三，中国是联合国常任理事国，一贯主张和平、主持公道，也拥有一定的主持公道的软硬实力。和中国合作，可以避免很多非经济因素的干扰。我们的劣势也很多，目前人民币还不是国际货币，国内发展不平衡，等等。我们只有一个对内的发改委，并没有主导对外经济发展事务的机构。对外援助、对外投资、对外贸易、经

济外交等等，相关职能和工作分散在不同的部门之中，需要有更高的协调机制才能形成合力。

《南都》： 从整个报告而言，主旨就在推动中国成为全球具有领导力的经济体，改造短板是一个系统的改革，这方面有什么需要重视的吗？

冯维江： 要成为世界经济的主导力量，肯定是一个更为系统的工程。首先国内还是要放松管制，让市场发挥资源配置的决定性作用。再者，政府的承诺一定要履行，节制自身行为。产业发展不可能单靠特定的产业政策就能带动，最重要的还是要提供一个竞争的环境，提供一个试错的环境。这需要金融系统的改造，我们是银行导向的金融系统，善于平衡跨期风险。但是我们并不能像金融市场导向的金融系统那样分散创新风险，事实上市场百分之九十的创新都会失败，但是成功的那百分之十能够带来足够的收益。以前我们可以大量通过外源创新的激励实现产业结构升级，通过特定的政策支持，很快对一个外来技术完成产业化，通过市场规模来支撑起这个产业的快速发展。现在我们的经济已经发展到一个必须要更多依靠本土创新的阶段，如何完善改造我们的金融系统，这也是我们在报告中反复强调的融资方式的创新，金融制度的改革。

《南都》： 从报告中也看到，还有很多国际力量在推动丝绸之路计划，中国自身也有一个系列的自由贸易区建设。这样的话很有可能产生国际合作中的"面条碗"现象，各种小机制层出不穷，就"一带一路"

这样一个庞大的区域而言，怎么才能形成一个较为统一的机制呢？

冯维江：我们确实需要一个合作机制的整合。国际政治经济学界经常讨论的一个问题，东亚的合作机制究竟是不足还是过剩？当然这其实是硬币的两面，不能说双边和多边的小机制过多，合作机制就过剩了。"面条碗"效应一般来说都是反映了更大更广阔更深远的合作机制，如果有一个更完整的合作机制，就可以把这些小机制归并到里面去。当然这也是个说起来容易、做起来难的问题。目前我们在东亚地区可以看到美国推动的跨太平洋伙伴关系协议（以下简称TPP），就是想完成这样一个整合。在丝绸之路上，也有很多类似的想法，比如俄罗斯推动的欧亚联盟，就有自己的想法。对于中国而言，发出自己的声音，提出自己的意见，积极推动自己的整合措施，这些都是十分有必要的。我们还应该推动各国进行协调谈判，对这些机制做合并同类项的工作，确定一些基本的规则，制定元规则，未来的各种协议应在这些基本规则约束的框架下制定，这样就能够最终实现规则的趋同，而不是造成日益复杂和分化的碎片化的规则网。制定元规则，这是真正发挥主导作用之所在。

《南都》：这样的大型区域经济整合，国际上有什么比较好的先例值得中国参考？

冯维江：这么大的区域整合，先例很少。欧洲算是比较好地完成了整合，但是其具体的条件非常不同。欧洲一体化是从煤钢共同体发展起

来的，这就反映了当时的生产模式高度依赖地缘的事实。现在生产已经全球化了，需求也是全球化的，所以煤钢联盟的方式实际已经无法成为区域合作的基础了。我们目前虽然"一带一路"已经开始动员了，亚投行、丝路基金等等已经开始做了，但是我感觉动员的过程才刚起步。我们在报告中反复强调前期动员的重要性。因为没有充分的动员，未来要推动合作的风险会很大。所以我们特别强调"战略耐心"，就是要把前期的动员做好，与各国的沟通做得更扎实一些，让他们真正了解他们在"一带一路"的位置、利益和风险，最终达成一套可以"自动履约"的协定。

《南都》：目前我们已经推出了亚洲基础设施投资银行、金砖银行这些新的区域经济整合措施，我们也看到国际上还有很多旧的区域合作机制，在一定程度上，这些旧的机制也是我们推动新的机制的一些阻碍，那么我们应该如何应对呢？

冯维江：我想大概有这样几种方式，第一是小的机制合并为大的机制，这一点我们在报告中也反复强调了。第二就是尽量细分市场，在功能上实现互补。从"一带一路"范围内的国家看，基础设施缺口非常大。即使把各种机制的现有资金规模加在一起，仍然无法满足需求。这就需要细分市场，互为补充。第三还是应该借鉴"破产保护"的方式，老的机制效率低下了，应当有平台及程序对其人力资源等重新组合，分流到新的机制中去。

"不动别人奶酪"的亚洲基础设施投资银行

文\赵磊

盘古智库学术委员，中央党校国际战略研究所教授，
主持中央党校"一带一路与边疆稳定"重点课题

2013 年，习近平主席在和印度尼西亚总统会晤时，提出建立亚洲基础设施投资银行（以下简称亚投行）的倡议。中国提议建立亚投行的目的是通过互联互通实现合作共赢。目前，亚洲基础设施建设水平普遍较差，提升空间巨大，很多国家缺水、缺电、缺道路。据统计，2010 年至 2020 年，亚洲各国国内基础设施投资合计约需 8 万亿美元。早在 2010 年，东盟首脑会议通过"东盟互联互通总体规划"，确定了 700 多

项工程和计划，投资规模约达 3800 万美元。但是一说到资金支持，很多地区、国家和国际组织就"退居二线""缩手缩脚"。

亚投行的经济意义有三个层面：第一，通过互联互通，不断增强成员国自我发展能力；第二，对于发达国家而言，能扩大投资需求，拉动其经济复苏；第三，有利于扩大全球总需求，提振国际社会的经济信心。

需求决定亚投行的成败的因素是：由于资金投入大、建设周期长，基础设施建设的融资，仅凭各国一己之力，难以解决，必须采取多边的方式进行推动。例如，印尼是一个千岛之国，需要海上的连接。印尼已经制定了全国计划，要建设 2000 千米的道路、10 个机场、10 个港口和 10 个工业园区。但稳定的资金来源不是印尼一国能够解决的。另一方面，中国在基础设施方面有经验、有技术，"要想富，先修路"的中国理念也被广大亚洲国家所接受。此外，现有金融机构根本无法满足日益增长的需求。亚洲地区每年需要 8000 亿美元的投资额，但是亚洲开发银行（以下简称亚行）只能提供 5%。这个巨大的缺口，也正是亚投行应运而生的契机。

亚投行与亚洲开发银行、世界银行、国际货币基金组织的相同和不同之处是：第一，共性包括：一是都是多边国际金融机构，通过发放贷款以解决发展中国家或贫困国家的发展问题。二是都是国际公共产品，是全球治理的组成部分，即通过多元主体的合作管理，实现公共利益最大化；不以赚钱、赢利为目的，而是要推动国际社会的共同进步。第二，差别主要表现在定位和业务重点不同：亚投行是发展中国家倡导的区域

性融资平台，贷款重点服务于亚洲的基础设施的建设；世界银行、国际货币基金组织、亚行融入了更多西方价值观（贷款有苛刻的政治、人权条件），贷款重点服务于全球的减贫工作。

目前，世界上两大国际金融机构分别是世界银行和国际货币基金组织（总部在华盛顿），美国在这两个组织中都是第一大出资国，拥有一票否决权。前者负责向成员国提供短期资金借贷；后者提供中长期信贷来促进成员国经济复苏。现在，世界银行的贷款作用在减退，部分原因在于针对贫困国家的贷款条件太苛刻。根据规则，无论是世界银行还是亚洲银行，要获得他们的贷款，都要在政府透明度、人权等方面通过考核，还有环保、劳工等多方面的要求。所以，经济问题政治化、死气沉沉的管理方式、条件苛刻、效率不高，使很多国家开始反感，不希望这些组织对贷款国说三道四。

美国和欧洲非常擅于利用金融工具。历史上，英国秩序同英镑的稳定密切相关，而英镑的稳定与金本位制的确立密切相关。英镑逐渐成为全世界普遍接受的国际货币，伦敦成为国际金融中心。今天，美国秩序同美元的稳定密切相关。布雷顿森林体系建立了以美元为中心的国际货币金融体系，基本内容是美元与黄金挂钩、其他国家的货币与美元挂钩以及实行可调整的固定汇率制度。同时，西方国家的金融工具有浓重的意识形态色彩，如欧洲复兴开发银行1991年成立，总部设在伦敦，主要任务是帮助东欧、中欧国家向市场经济转化，但常有干涉一国内政之嫌。

需要指出的是，既要强调亚投行与世界银行、亚行等多边开发银行的互补关系，也要强调他们之间的良性竞争关系。只有这样才能更好地

为发展中国家服务，更好地提升后者的活力与服务意识。亚投行与世界银行、亚行等组织的确有竞争关系，但是竞争的不是霸权，而是市场，是好评，是世界进步的现实意义。良性竞争对于开发贷款以及其他市场都是有利的。

亚投行不是"中国版的布雷顿森林体系"，要避免简单类比，一方面不要反对别人拿"马歇尔计划"类比中国的"一带一路"；另一方面不要自我陶醉地把亚投行比作美国的"布雷顿森林体系"。因为，"马歇尔计划"和"布雷顿森林体系"等制度安排都有维护一国霸权的意味。许多西方媒体将亚投行称作是中国控制的，这不客观。此前中国对外表示可出资到50%，这表明中国对亚投行的强力支持，但也不一定非要50%，随着亚投行成员的增多，中国的占股比例会相应下降。中国有控制的能力，但没有控制的意愿。中国不寻求一票否决权，因为中国等发展中国家反对美国在世界银行拥有否决权，故"己所不欲勿施于人"；中国是亚投行的发起国与关键力量。中国推崇协商一致，尽量以达成一致的方式决策，而不是靠投票权来决定。中国要推动共识，在共识的基础上，把具体的项目做扎实。

亚投行表明中国外交布局的重大调整：大国是关键、周边是首要、发展中国家是基础、多边是重要舞台是中国的外交布局。可以预见，多边外交将提升到更加突出的位置。通过亚投行等多边机制，既有利于中国整合周边与全球资源，也有利于中国赢得良好的口碑与声誉。

为什么大家争着想做创始国？国家在考虑回报的时候，既包括经济回报也包括政治回报；创始会员国会得到特殊的政治回报，会载入史册，

特别是大国非常在意这个。小国更加关注具体的经济回报。从原则来说，创始会员国与其他会员国在法律上的权利和义务并无区别。金融机构最大的特权是投票权，投票权的多寡取决于成员国的出资份额。具体来说，以国内生产总值（GDP）来衡量各国的经济权重，以经济权重来衡量各国的出资份额和股份分配的比例。由此看来，创始会员国的特权主要具有象征意义，即"历史不会忘记"。

要避免亚投行被过度政治化。中国要推动国际规则更加合理与完善，但不是要进行颠覆。在国际关系中，负责任不仅仅指要援助，更强调公共产品的提供，要有议程设置的能力：我不能决定大家内心想什么，但我能决定大家讨论什么。要避免亚投行以及"一带一路"的政治化，要在便利、透明、高效、合规上做文章，推动可持续发展、包容性发展、公平性发展。一是可持续发展，基础设施建设要符合绿色和低碳标准，要有人文情怀、要在生态友好上下功夫；二是包容性发展，使各国人民有机会参与到亚洲的共同事业中来，要避免由于边缘化状态而导致的极端化情绪的蔓延。三是公平性发展，既要反对霸权，也要反对特权，使公平成为亚洲国家的共同价值。目前的突破口是：成立后要提高放贷效率，要多做雪中送炭的事，但同时要制订严格并切实可行的高标准保障条款。

亚投行不是"中国版的门罗主义"。开始的时候，美国游说七国集团和亚洲盟友不要加入该机构。美国认为，鉴于世界银行和亚洲开发银行的存在，没有必要再建一家新的开发贷款机构。美国的担心从战略来说，亚投行会动摇美国霸权的基石——全球货币与金融秩序，这一点，美国已经领导了 70 年；从技术来说，由发展中国家组成的金融组织，美国担心贷款标准是否会很低，或形同虚设。

"如果你控制了石油，你就控制了所有国家；如果你控制了粮食，你就控制了所有人；如果你控制了货币，你就控制了整个世界。"今天，美国在能源领域、金融领域都感受到了中国强大的竞争压力。

2015 年 3 月 23 日，奥巴马称欢迎亚投行的设立并表示亚投行可以和世界银行、国际货币基金组织展开合作。美国态度的转变不仅仅是因为盟友的倒戈，更主要是国内压力：一是全球经济新格局的主要标志是发展中国家的群体性崛起，美国要接受这个事实；二是加入才有可能从内部影响亚投行的发展。

从围堵到合作，也表现出美国态度的虚伪性：一方面，不停敦促中国发挥与其日益增强的实力相符的国际责任，为全球发展提供更多的资源；另一方面，当中国朝这个方向努力时，比如建立亚投行，美国却试图阻挠，这就显得短视和虚伪了。对中国人而言，亚投行的建立不是北京与华盛顿争斗全球经济影响力，而是发展中国家与西方经济秩序的博弈。

亚投行是中国"共同体外交"的新载体。"共同体外交"的实质，不是单纯寻求一国利益，而是将共同体成员的利益捆绑在一起，实现普遍的利益增值。因此，区域开放主义、利益均沾、透明化操作是"共同体外交"的逻辑基础。这也是区域多边主义与开放主义的合法性基础。共同体有三个阶段：利益共同体，即要在满足需求上做文章；命运共同体，即要在应对挑战与回应压力上做文章；价值共同体，即要在相关欣

赏与内心认同上做文章。

从金砖银行到丝路基金再到亚投行，中国要把"一带一路"做实。金砖银行、丝路基金、亚投行等金融平台的建立，使中国梦同亚洲梦、世界梦有了对接与落地的抓手。但是，要避免资源多而杂乱，要做"精致资源"，要处理好同世界银行、亚洲开发银行等传统平台的关系，这些组织有很多宝贵的经验，特别是拥有丰富的人力资源基础，有全球视野，因此中国要主动地学习借鉴，要合作共赢。这些新平台与现有国际金融机制是互补、合作的关系，也是推动后者不断完善的新鲜血液。

2015 年 3 月 26 至 29 日举行的博鳌亚洲论坛上，"一带一路"规划正式发布。"一带一路"范围广，规划不是很细，更多是原则性的表述，要留下足够多的、动态性的空间让丝路国家和企业去参与，不希望限制参与国和企业的主动性和创造力，主要提供方向性内容，如交通、能源、电力、通讯等基础设施的投资重点与合作领域是什么？这个方向与亚投行的工作重点是匹配的。亚投行已经箭在弦上，要大干一场。

"带"难需要啃，"路"顺需要新

文\易鹏

盘古智库理事长，新加坡《联合早报》专栏作家，
中央电视台、央广"经济之声"特约财经评论员，
英国《金融时报》中文网、《人民日报》等多家媒体的特邀撰稿人

编者按

推进"一带一路"建设工作会议 2015 年 2 月 1 日在北京召开。会议安排部署 2015 年及今后一段时期推进"一带一路"建设的重大事项和重点工作。国务院副总理张高丽强调，要把握重点方向，陆上依托国际大通道，以重点经贸产业园区为合作平台，共同打造若干国际经济合作走廊。海上依托重点港口城市，共同打造通畅安全高效的运输大通道。

应大公网财经部邀请,盘古智库理事长、盘古智库学术委员会委员易鹏到访大公网,为大公网编辑、记者带来了一场以"一带一路"为主题的专题沙龙讲座。根据易鹏理事长讲座并结合盘古智库"丝绸之路经济带"课题组的研究报告,现将部分观点汇聚于此,以飨读者。

大公财经 2015 年 2 月 2 日北京报道(记者李晓蓉)"2015 年,中国区域建设将以天元为心,京津冀为首,长江经济带为体,'一带一路'为两翼,平衡中国区域发展全格局,实现国家腾飞。"盘古智库理事长、盘古智库学术委员会委员易鹏到访大公网时指出,在这些区域发展中,中国要以西安、郑州、长沙、武汉、重庆、成都组成一个"天元战略"城市带,构成中国经济发展的夯实之地。

易鹏表示,"一带一路"主打开放型经济,自由贸易园区建设将成为"一带一路"内外联动的重要抓手,上海、天津、广东、福建"1+3"自由贸易区构建完成后,未来不排除会在中西部地区设立更多自由贸易区。

"一带一路"破局

资料显示,2013 年 9 月上旬,习近平主席第一次提出"丝绸之路经济带"设想。一个月后,习近平主席访问东盟又提出"21 世纪海上丝绸之路"。以创新的合作模式,共建"一带一路"战略构想,受到了国际社会的高度关注积极响应,正逐步成为各国的广泛共识和实际行动。

"一带"是向西,越过中亚,从里海、高加索地区一直到黑海周边国

家；"一路"是越过中国南海，进入印度洋的北、西、东三岸。"一带一路"对中国来说，向西是"丝绸之路经济带"，向南是"21世纪海上丝绸之路"。

盘古智库"丝绸之路经济带"课题组报告指出，由于发达国家主导的贸易投资新规则所引领的自由贸易新趋势，正重塑国际贸易、投资和世界经济新格局。包括中国在内的新兴市场和发展中国家，面临内部经济结构调整和外部竞争规则变化的双重压力，机遇挑战前所未有。

报告认为，中国调整内外政策，通过"丝路'一带一路'自由贸易区（Silk Road Trade）"构建一个以中国为纽带的全球性贸易体系，是顺应世界潮流，下好全球贸易博弈和地区一体化大棋的根本反应。

H型大战略

盘古智库"丝绸之路经济带"课题组相关报告指出，中国作为世界第二经济大国和为全球服务的"世界工厂"，实现和平崛起，需建构以中国为核心的新的全球贸易轴心。

除发展传统的与日、四小龙等东亚内部和环太平洋地区贸易之外，努力发展对东南亚、中亚、西亚、南亚、中东欧、非洲经济贸易合作，并在此基础上实现亚、欧、非"旧大陆"经济贸易一体化，就成为支撑中国"和平崛起"重大战略。

"一带一路"以古代丝绸之路所形成的经济文化交流传统为基础，顺应经济全球化新趋势与中国和平崛起新要求，倡导构建一个以中国为核

心、以亚欧大陆为依托的新的贸易轴心——"H 型大战略"。

报告指出，为构筑中国 H 型大战略，形成中国国内天元区域发展，实现"丝绸之路经济带"和"21 世纪海上丝绸之路"的大战略，构筑丝路"一带一路"大自由贸易区（以下简称 SRT）建设，其构想就是要恢复重新建立一个亚欧伙伴关系（以下简称 AEP），在丝绸之路区域中，实现资本、贸易、服务、劳务自由流动的大市场。

丝绸之路大自由贸易区战略根据时间次序建设，依次为中国——东北亚自由贸易区、中国——中亚自由贸易区、中国——西亚自由贸易区、中国——东盟自由贸易区的升级和中国——欧盟自由贸易区。通过借鉴亚太经济合作组织（以下简称 APEC）、世界贸易组织（以简称WTO）、上合组织等国际组织的经验，在这个大自由贸易区的构想中，要成立一个管理和运行机制来掌控整个丝绸之路大自由贸易区的发展。

报告同时认为，中国 H 型大战略首先能够保障能源安全。伴随着中国经济持续高速增长，对世界能源、资源市场的依赖程度迅速加深。"H 型大战略"有助于能源供给渠道的多元化，摆脱海上运输"马六甲困局"，为中国下阶段经济发展提供更为稳固的能源安全基础。从地缘政治平衡看，中亚是美国和俄罗斯角力的重要区域之一，"H 型大战略"可有效增强中国在中亚地区的认同感、参与度和话语权；从反恐战略需要看，有助于促进新疆及丝绸之路经济带沿线国家的安定发展。

合作模式金融创新："一带一路"的政府和社会资本

文 \ 许维鸿

盘古智库学术委员，西南证券研究与发展中心业务总监

2015 年，不仅是中国"十二五"规划的收官之年，也是全面深化改革、推进依法治国的开局之年。在 2014 年各项工作的基础上，各级政府落实政府和社会资本合作模式（以下简称 PPP）、吸引民间资本、投资"一带一路"、国企改革等战略方向，是 2015 年资本市场最期待的改革红利。其中，财政部门的改革备受期待。

2015 年 1 月 19 日，财政部公布《PPP 项目合同指南试行》,规范政府和社会资本合作合同管理工作，力求通过合同正

确表达意愿、合理分配风险、妥善履行义务、有效主张权利，是政府和社会资本长期友好合作的重要基础，也是PPP项目顺利实施的重要保障。

这一系列财政主导的市场化改革方向，对于建立各级政府的信用约束机制，无疑是非常重要的。但由于过去十几年，各级政府对经济的实际影响力在不断加大，"一带一路"所涉及省份往往比起东南沿海地区经济欠发达，企业在与地方政府的博弈中，处于绝对劣势，合法利益往往很难得到充分保障。

另一方面，中央财政对于地方政府融资平台的规范，极大地压缩了地方政府的融资能力，限制了地方对于公共服务领域、环境保护项目和开发性金融的投资。在很多地方政府看来，中央倡导的PPP模式本质是一种融资模式，这当然是不对的。

以西北地区的荒漠化治理为例，由于华北平原日益加重的雾霾威胁，让很多项目都变得愈发迫切。治霾新技术的应用需要中央和地方密切配合，投入大量资金的同时，引入私营企业家管理，以利用PPP市场化机制提升资金使用效率，降低环境治理综合成本，实质是实现中央、地方和企业的三赢。

比起地方政府对PPP认识的不成熟，"一带一路"上更缺乏的是成熟的PPP承做企业。参考国际上市场经济更发达国家的范例，经过近一个世纪发展，政府委托的混合所有制项目招投标，已经是一个相对成熟的市场，承做企业和资本市场相得益彰——财政资金通过资本市场补贴环保公益项目，达到对地方项目增信的目的，以便于地方政府PPP项目进行特许经营权的融资安排和法律合同框架。而在中国，无论是资本市

场，还是项目承做企业，都出于对 PPP 摸着石头过河的阶段，特许经营权的金融市场评估也还没有体系。

因此，推进"一带一路"的 PPP 公益环保项目等混合所有制创新，不仅要考虑中国延续多年的中央和地方财政、税收、利益和义务协调问题，还需要充分考虑西北地区各级地方政府治理现代化不足的现状，考虑到项目承揽的私有企业经验不足、与政府议价能力不足的问题。如何通过资本市场，进行混合所有制的架构和金融创新，提高转移支付的效率，把 PPP 项目成果做实，才是综合解决政府、市场和资金矛盾的最佳途径。

通过搭建多方参与、市场化运作的混合所有制基金管理公司，将过去分散使用的财政资金归敛为一个个的 PPP 项目基金，并与地方政府和承做企业分别签订资金划拨合同，将补贴资金划拨职能从政府体系中分离出来，进而减少转移支付的"跑冒滴漏"，应该是现阶段破题"一带一路" PPP 项目效率的可行之路。

以治理雾霾公益环保项目为例，以往各级政府的补贴由多个部门负责发放，不仅包括中央和地方的财政部门，还包括中央和地方的发改委、林业部门、农业部门、民政部门等。本来财政下决心拿出一大块资金对某一个环境领域进行治理，分到诸多部门的资金规模却又独立做不成大事，且转移支付的使用效率大打折扣。

因此，应将环境保护补贴发放职能从政府体系剥离出来，交由专业的 PPP 基金公司管理。当然，政府 PPP 基金管理公司最好是混合所有制的，项目所在地的地方政府的参与是必不可少的。例如，内蒙古的 PPP

基金管理公司必须有代表自治区政府利益的股东。但是，为了形成现代企业制度的制衡机制，股份结构绝对不能一股独大，必须引入民营股东和中央公有制的股东，以制衡地方政府。

股东结构设计过程中，核心央企的金融资本引入，由于其具有公有制和市场化运作双重属性，对地方 PPP 基金管理公司设立往往事半功倍。毕竟地方 PPP 基金管理公司只要公有制股东超过 51% 或代表地方利益的股东超过 51%，就可以保证公司运作符合改革战略意图。进而，PPP 基金管理公司、地方政府、项目承办私有企业，就形成了一个三角形的法律框架体系，围绕 PPP 项目的特许经营权进行谈判、招投标、签订合同、监督实施等一系列工作。

改革初期，最佳的机制创新应该是各级财政，通过对资金闸口的严格分类管理，选择具有示范意义的、可复制的环保公益项目，通过在银行设立专有资金托管账户，进行转移支付的类基金管理模式，让 PPP 项目的招投标和执行监管规范起来。对于资本市场而言，也只有形成清晰高效的 PPP 投融资模式，对上市公司标的的价值评估才是公平和可信的。

新丝路新在哪里

文\陈秋霖

盘古智库学术委员，
中国社会科学院人口与劳动经济研究所副研究员

我国通常把丝绸之路经济带战略构想称作新丝绸之路。那么。新丝路新在哪里？

第一，新丝绸之路是一条路，更是一张网。要织好这张网，网到更多、更大的鱼，就得有新的思路。中国发展正进入新常态，适应新常态，一个重要的思路就是从竞争式发展到协同发展转变。区域间的竞争是我国过去几十年经济发展的重要动力，但是其带来的负面影响也在逐渐显现，出现过

度竞争损害当地利益、重经济成效轻民生成效、地区差异过大等问题。如今，我国在发展思路上更加强调协同，京津冀一体化就是协同发展思路的体现。新丝路发展，也同样要有协同发展的概念，有协同，有合作，才能吸取过去发展的教训，避免过度竞争。

第二，新丝绸之路是经济复兴，也是文化复兴。对外开放和接轨国际，除了相互之间物质上的互通有无，更重要的还是文化认同和包容。如果没有这些，经济越发展，经济联系越多，冲突可能越多。新丝绸之路的发展要发挥文化的引导作用，这对我国整体的国家治理和国际战略非常重要。

第三，如果说古丝绸之路是贸易之路，形成的是陆码头文化，那么，新丝绸之路就不仅是贸易之路，更是民生之路。西北五省（区）人民的安居乐业应该是新丝绸之路的第一目标，应更加重视民生发展，尤其是重视教育、医疗等领域。

第四，新丝绸之路的根本是人才战略。西部发展最大的挑战是人才，留不住人才的状况不改变，就不能真正发展和持续发展。引进和留住人才，靠提高收入、靠发展前景、靠生活设施配套建设，但更重要的是培养当地人才。要加强西部地区的高等教育，对本地生源有所倾斜。

"一带一路"新布局

——一字大义、十大亮点

文\孙志明

盘古智库学术委员，国际关系学院副院长

2014 年，中国特色大国外交再谱华彩篇章，对外合作精彩纷呈。我们应该坚持合作精神，继续加强团结，照顾彼此关切，深化务实合作，携手为各国经济谋求增长，为完善全球治理提供动力。我们应该坚持共赢精神，在追求本国利益的同时兼顾别国利益，做到惠本国、利天下，推动走出一条大国合作共赢、良性互动的路子。

——摘自习近平主席在金砖国家领导人第六次会晤上的讲话

亚太经合组织是一个大家庭，打造发展创新、增长联动、利益融合的开放型亚太经济格局，符合所有成员共同利益。为了实现上述目标，亚太经济体需要共同构建互信、包容、合作、共赢的亚太伙伴关系，为亚太地区和世界经济发展增添动力。

——摘自习近平主席在 APEC 第二十二次领导人非正式会议上的开幕词

开放与改革相伴而生、相互促进。要构建开放型经济新体制，推动新一轮对外开放，在国际市场汪洋大海中搏击风浪，倒逼深层次改革和结构调整，加快培育国际竞争新优势。

——摘自 2014 年《政府工作报告》

如果说 2013 年是中国新一届政府外交的开局年，2014 年毫无疑问就是布局年。2014 年，国家领导人出访活动比 2013 年明显增多，外交活动范围也明显扩大，行程遍及各大洲，而且每次出访的行程都高度密集，"双边 + 多边"的出访模式扩大了中国与世界各国领导人之间的最高层交往。此外，中国还接待了到访的各国政要数百人次。可以说，2014 年，中国外交极其活跃，全方位外交取得了丰硕的成果，经过 2014 年的积极拓展和整体推进，中国经济外交布局基本形成了立足周边、辐射全球的"三位一体"结构。

一、以"一带一路"战略构想和亚洲互联互通为基础，悉心经略周边

2013 年 9 月 7 日，习近平主席在哈萨克斯坦纳扎尔巴耶夫大学发表演讲时，第一次向国际社会提出了共同建设"丝绸之路经济带"；同年 10 月 3 日，在印尼国会发表演讲时，习近平主席提出了共同建设 21 世纪"海上丝绸之路"的构想。"一带一路"构想的提出，迅速得到了沿线国家的积极回应，进而成为中国经济外交中具有引领作用的大战略、大手

笔和路线图。"一带一路"战略构想涉及贸易、金融、投资、能源、科技、交通和基础设施建设等 10 多个领域，地理上包括欧亚大陆和太平洋、印度洋沿岸的 65 个国家和地区，这一构想的实施对于推进我国新一轮对外开放和沿线国家共同发展、稳定中国周边安全环境具有重要战略意义。在北京亚太经济合作组织（以下简称 APEC）期间召开的"加强互联互通伙伴关系"东道主伙伴对话会上，习近平主席指出，"'一带一路'和互联互通是相融相近、相辅相成的。如果将'一带一路'比喻为亚洲腾飞的两只翅膀，那么互联互通就是两只翅膀的血脉经络"，并提出了以亚洲国家为重点方向，将周边国家作为外交政策的优先方向，以交通基础设施为突破，以建设融资平台为抓手，以人文交流为纽带，率先实现亚洲互联互通。目前，中方制定的"一带一路"规划基本成形，这一框架兼顾各国需求，统筹陆海两大方向，涵盖面宽，包容性强，辐射作用大。今后，中国新增对外援助资金也将主要向"一带一路"沿线国家和周边国家倾斜，中国与沿线国家的自由贸易区建设将进一步提速。可以说，2014 年，从中国领导人对周边国家频繁访问，到加强互联互通伙伴关系对话会成功举行，从亚洲基础设施投资银行签约，到丝路基金的设立，"一带一路"建设稳扎稳打，已经进入务实合作阶段。

二、以推动自由贸易区建设为战略支点，加强同亚太地区、金砖国家和广大发展中国家的务实合作

当前国际贸易保护主义上升、各国在金融危机中实施的贸易限制措施并未放松，发达国家正通过"跨太平洋伙伴关系协定"（以下简称 TPP）和"跨大西洋贸易与投资伙伴协定"（以下简称 TTIP）谈判来构筑新的贸易壁垒。在此形势下，中国积极推动自由贸易，支持全球自由贸易和多边贸易体制。在 2014 年 4 月博鳌亚洲论坛开幕式上，李克强总理强调中国坚定维护 WTO 多边贸易体制在全球贸易发展中的主导地位。11 月，习近平主席在布里斯班出席二十国集团领导人会议时呼吁 G20 要做全球自由贸易的"旗手"，维护多边贸易体制，构建互利共赢的全球价值链，推动各种自由贸易协定的开放、包容、透明、非歧视，避免市场分割和贸易体系分化。在区域层面，中国积极促成启动亚太自由贸易区谈判进程，并在 2014 年的 APEC 峰会期间通过了《亚太经合组织推动实现亚太自由贸易区北京路线图》。中国继续支持东盟推进区域全面经济伙伴关系（以下简称 RCEP）谈判；中国——海湾合作委员会自由贸易区谈判也于今年重启；金砖国家经贸部长会议制定了投资和贸易便利化的行动计划，并确定了以发展自由贸易区为方向的合作；随着今年肯尼亚自由贸易区的启动，非洲自由贸易区建设将成为未来中非经贸合作新的亮点。截至 2014 年年底，中国已签署的自由贸易协定达 12 个，涉及 20 个国家和地区；仍在谈判的自由贸易协定还有 6 个，涉及 21 个国家和地区。

三、以平等互利、合作共赢的理念推动全球经济治理和国际金融体系改革创新，推动建立新型国际关系

中国已成长为世界第二大经济体，新兴经济体的实力也在不断增强，旧的国际货币和金融体系越来越不适应国际经济发展的需要，改革势在必行。在 2014 年 G20 领导人会议上，习近平主席提出推动建立公平公正包容有序的国际金融体系，加快并切实落实国际货币基金组织改革方案，提高新兴市场和发展中国家的代表权和发言权，确保各国在国际经济合作中权利平等、机会平等、规则平等。为此，中国做出了令人瞩目的努力。金砖银行及应急储备机制、丝路基金的建立以及亚投行的成立，将对国际货币基金组织和世界银行起到重要的补充作用，将增加国际货币和金融体系的多元性，从外部推动现行国际货币和金融体系的改革。2014 年，中国还通过与俄罗斯、英国、韩国、加拿大、阿根廷、马来西亚等国签订本币结算或双边货币互换等协议，助推人民币国际化，有力地推动国际货币体系和金融体系改革，进而对推动全球经济治理体系的改革起到积极作用。

四、一字大义——融

大时代需要大格局，大格局需要大智慧。中国政府应对国内艰巨繁重的改革、发展、稳定任务如此，开展长袖善舞、精彩纷呈的外交活动

亦如此。领导人出访是国家对外交往总体布局的重要体现，经济上的互利共赢更极大丰富了领导人出访活动的内涵。

从 2014 年年初到年底，从寒冬到暑夏，从主场到客场，中国领导人广交朋友，广结善缘，足迹遍布亚洲、欧洲、非洲、美洲、大洋洲 40 多个国家，活动安排涵盖周边、大国、发展中国家、多边等各个方面。中国外交战略布局不断拓展深化，遍布全球的伙伴关系网络日益成熟完善，通过结伴但不结盟的全新实践诠释着中国特色大国外交的理念，展现着中国负责任大国的外交形象。中国与世界深度融合，中国机遇已经成为世界机遇。

2014 年，国际环境复杂多变，世界经济处于国际金融危机后的深度调整期。中国政府牢牢把握发展大势，一方面坚持稳中求进的工作总基调，扎实做好各项工作，实现了经济社会稳步发展，前三季度的经济增速保持在 7.4%，对世界经济增长的贡献率高达 27.8%，仍是世界经济的重要引擎；另一方面，中国积极开展经济外交，积极倡导命运共同体、利益共同体的理念，主张和平、发展、合作、共赢，广泛开展务实合作和国际交流，积极推动多边主义和贸易自由化、投资便利化，推动世界经济不断发展。

回顾 2014 年，中国经济外交卓有成效、成果丰硕，中国向世界展示了中国智慧、中国方案、中国能力、中国诚意，赢得了赞同、赢得了支持、赢得了伙伴。布局已经完成，蓝图已经绘就，尽管面临许多困难和挑战，只要我们牢牢把握和平、发展、合作、共赢的时代潮流，审时度势，妥善应对，就一定能够克服困难，继续前进。正如习近平主席在

APEC 峰会上引用唐代著名诗人白居易的诗："风翻白浪花千片，雁点青天字一行"——2014 年，无疑已经成为中国经济外交追求梦想、扬帆起航的新起点。

五、十大亮点

亮点一

成功举办 APEC 会议，推动亚太区域经济合作深入发展，此次会议就推动区域经济一体化，促进经济创新发展和改革增长，加强全方位基础设施与互联互通建设等三大重点议题达成了广泛而深入的共识。

亮点二

"一带一路"战略稳步推进，丝路基金正式建立。丝路基金是开放的，可以根据地区、行业或者项目类型设立子基金，并欢迎亚洲域内外的投资者积极参与。这标志着"一带一路"战略进入到务实合作的阶段。

亮点三

中韩、中澳自由贸易区结束实质性谈判，自由贸易区战略取得新进展。中韩自由贸易区是我国迄今为止对外商谈的覆盖领域最广、涉及贸易额最大、综合水平最高的自由贸易区。中澳自由贸易协定同样是一个全面、高水平的自由贸易协定。

亮点四

成立金砖银行，建立应急储备，金砖合作机制进一步加强。2014年7月，金砖国家签署了成立金砖国家开发银行、建立应急储备安排协议。这两大机制被公认为金砖国家成立5年来最重要、最实际的合作机制。

亮点五

成立亚洲基础设施投资银行，根据协议，亚投行将按照多边开发银行的模式和原则运营，重点支持亚洲国家基础设施和其他生产性领域的投资，促进亚洲国家经济发展和区域经济一体化。

亮点六

中欧伙伴关系得到提升，中国发表第二份对欧盟政策文件。2014年，中国领导人多次访问欧洲，并出席核安全峰会、亚欧首脑会议等，习近平主席历史性到访欧盟总部，更是成为中欧关系史上的里程碑。

亮点七

中美在经贸领域取得多项共识和重要成果。2014年，中美领导人多次会晤，奥巴马对中国进行了国事访问，两国达成了一系列重要协议。

亮点八

"高铁外交"备受关注，"走出去"战略硕果累累。"高铁外交"成为中国外交与中国形象的新"名片"。此外，中国制造项目也大踏步走出

国门，走向世界，中国与世界的联系日益紧密。

亮点九

进一步扩大同发展中国家的经贸合作，中拉合作成为亮点。今年习近平主席访问拉美时提出了"1+3+6"的合作新框架，该框架有助于打造中拉经贸合作升级版，从而推动中国和拉美国家逐渐形成一个利益共同体。

亮点十

加强和改进对外援助工作，切实落实好正确的义利观。正确的义利观是中国特色大国外交理念的重要内容，也是维护国际公平正义、推动建立新型国际关系的重要基础，更是中国特色、中国风格、中国气派的具体体现。

中国对外投资的国际环境与四大风险

文 \ 何帆

盘古智库学术委员会主任委员，
中国社会科学院世界经济与政治研究所副所长

中国对外投资的快速增长，引发了国际社会的普遍关注。部分国家出于对中国对外投资的疑虑，纷纷调整了有关的政策，加紧了对外国投资的审查和监管。这在当前给中国的对外投资带来了一定的困扰。造成这种局面的原因，一是国外政府和公众认为中国对外投资增长速度过快，而且对中国企业的投资动机、经营理念存在误解，二是由于中国企业缺乏

走出去的经验，不善于和国外的政府、媒体和公众打交道，造成了一些负面影响。

第一，对中国企业对外投资影响最大的是各国的安全审查政策。看到中国企业大规模地增加对外投资，美国、澳大利亚以及一些发展中国家，都纷纷强化了其对外国投资的安全审查政策。

在正常情况下，外国在美国的投资仅仅需要常规的审批，不会引起安全审查。如果引起了有关利益集团的关注，可能就会激活美国的安全审查政策。美国外国投资委员会（以下简称CEIUS）将对收购方和被收购方的资产、融资和收购方式、是否涉及敏感技术、对美国国家安全及其他美国公司利益的影响等内容进行审查。一旦进入安全审查程序，往往意味着已经出现了政治上的反应，相关的利益集团会提出激烈的反对意见，甚至国会、媒体、公众都会介入相关的争论。这时，本属商业行为的对外投资很容易被政治化，且遭到否决。事实上，美国的安全审查对中国在美国的投资造成的负面影响是巨大的，导致大量中国企业在美国的并购案以失败告终。如中海油并购优尼科，海尔并购美国家电生产商美泰克，西北有色并购美国优金公司，以及2014年沸沸扬扬的"华为案"。

澳大利亚对外国投资者的态度相对开放，但也开始收紧了对矿业投资的准入。自从2008年中铝联合美国铝业收购力拓12%的股份之后，澳大利亚加强了对外国投资的审查力度，并颁布了"六条原则"，规定投资者的运营不得有政府背景、不可妨碍竞争对手或导致垄断、不能影响到

澳大利亚的国家安全等。同时，澳大利亚希望外资占股比例下降，外资对澳大利亚主要矿业公司的投资比例应低于 15%，对新的矿业投资项目也不能超过 50%。

在发展中国家中，巴西对外国投资土地的限制也耐人寻味。外资在巴西购买的土地达到 450 万公顷，其中以葡萄牙、日本、意大利、黎巴嫩、西班牙和德国为主。近年来，中国刚刚开始到当地考察并计划购买土地，巴西就立刻收紧了投资土地的规定。2010 年，巴西规定外国人、外资企业及外国人控股的巴西企业，不得购买或租赁或 5000 公顷以上的土地，随后又规定，不得购买或并购拥有土地所有权的巴西企业。

第二，中国企业在对外投资过程中越来越多地感受到企业社会责任的压力。企业社会责任的概念最早是西方跨国公司为应对东道国的工会罢工而提出的。目前，对企业社会责任的限制多为一些不带有强制约束的指南，如联合国倡导的"三重底线"，即企业的经营应有利于经济、生态、社会三个方面的发展。国际标准组织在 2010 年推出了 ISO26000，强调企业要承担社会责任，但这只是一个指南，不是一种认证标准。对企业社会责任影响最大的当属经济合作与发展组织（以下简称 OECD）提出的《跨国公司指南》。该文件自 1976 年推出之后，历经数次修改，对信息披露、人权、劳工标准、环境保护、反贿赂和敲诈等进行了较为详细的阐述。尽管其不具有法律效力，但影响越来越大。中国企业在外国投资的时候，由于对当地的经营环境了解不够，往往会遇到很多与社会责任有关的困扰。比如首钢秘鲁公司，几乎从建厂一开始就遇到罢工问题，而且还在收购价格偏低、投资承诺不兑现等方面受到指责、调查或罚款。

第三，国有化也是中国企业对外投资中不得不关注的风险。从目前情况来看，国有化主要是发展中国家针对西方跨国公司采取的措施，中国受到国有化困扰的风险相对较小。20世纪50年代至70年代国有化的浪潮已经过去，中国在国有化最为经常的拉丁美洲投资相对较少，而且在投资时往往选择外交关系较好的国家。但是，在全球金融危机之后，贸易保护和投资保护政策有所升温，不排除未来会有更多的国有化措施。中国在经济崛起的过程中遇到的外部环境不断恶化，与发展中国家的外交关系可能出现变化，中国对外投资的范围和规模不断扩大，加之局部地区仍然存在较为严重的安全隐患，个别国家的政治风险较高，都会对中国的对外投资带来潜在的威胁。

第四，"竞争中性"原则对中国企业，尤其是国有企业的对外投资可能产生较为深远的影响。"竞争中性"原则较早是由澳大利亚提出来的，2011年美国国务卿希拉里·克林顿高调提出"竞争中性"原则，2012年再次重申，所有的G20国家都必须确认这一原则。之后OCED启动了对"竞争中性"原则的研究，并准备相关的指南。尽管这一原则仍然在讨论之中，但未来很可能会在更广的范围内推广，"竞争中性"原则可能直接针对国有企业，并涵盖国际贸易与投资领域，对全球投资规则产生较大的影响。

此外，关于主权财富基金的监管，在未来也会变得越来越严格。

从当前的形势来看，中国对外投资将会不断受到更为严格的限制，遇到各种新的阻力。这就要求中国加强和国际的合作，加强对企业海外利益的保护，同时，由于在全球生产网络的时代，国际投资协议面临较大的改革压力，新的规则正在酝酿之中，中国必须抓住这一有利的时机，积极参与全球投资规则的制定，以便更好地保护中国对外投资的长远利益。

20世纪80年代之前，关于国际投资的协定尚属不多，且主要集中于投资保护。20世纪80年代之后，"与贸易有关的投资措施"被列入WTO的乌拉圭回合谈判议题，并最终签署了《与贸易相关的投资措施》（TRIMs）。同时，涉及知识产权、服务业的国际投资也有了相应的协议，即《与贸易有关的知识产权》（TRIPs）和《服务贸易总协定》（GATS）。进入21世纪之后，围绕国际投资的谈判更加深入：首先，关于投资的保护不仅包括对有形资产的保护，而且越来越多地涉及对知识产权的保护；其次，新的国际投资协定强调投资自由化原则，要求保障一国投资者在另一国自由投资的权利，而且逐渐涉及对服务业的投资；最后，新的国际投资协议对投资争端解决机制进行了较大的改进，国际投资争端解决机制更加多元化，解决投资争端国际中心、联合国国际贸易法委员会、各国商会和企业家联合会都可以为国际投资争端调解提供便利。所涉及的投资争端范围也日益扩展到与健康、安全、环境、劳工权利等有关的问题。

值得注意的是，全球统一的国际投资体系尚未建成。现有的投资协

议并非一成不变的国际标准，而是正在磨合、谈判中的新规则。未来一段时期，既是全球投资体系面临重大改革的时期，又是中国对外投资高速增长的时期，还是中国综合实力不断壮大、对外开放更加全面和深入的时期。中国有必要也有能力在全球投资协议谈判中发挥更为积极主动的作用，提高议题设计和参与谈判的能力，不仅要更加注意保护中国对外投资的当前利益，而且要统筹兼顾，制定有利于中国未来发展过程中具有动态优势的投资规则，保障中国发展的长远利益。

"一带一路"国家战略下的海南旅游发展机遇

文 \ 吴必虎

盘古智库学术委员，北京大学教授

2010 年 1 月 4 日，国务院发布《关于推进海南国际旅游岛建设发展的若干意见》，意见指出我国将于 2020 年把海南初步建成世界一流海岛休闲度假旅游胜地。至此海南国际旅游岛的建设征程正式步入正轨。

5 年过去了，海南国际旅游岛的建设速度、质量与纲领要求内涵相去甚远。纵观海南现有旅游产品体系，产品类型单一、基本被地产化的趋势十分明显。我国现有的传统管理体

制、既得利益主体及一些不合时宜的法律政策等多方力量的共同约束是造成这种现状的根本原因。在现有管治模式下，单独依赖地方政府的力量根本无法突破海南向国际旅游岛迈进中的多重障碍。

基于这样的背景，海南省委、省政府提出建设中国旅游特区的发展战略，非常适宜地抓住制约海南旅游发展的本质问题，十分有利于形成海南旅游业发展的特有政策体系，对海南旅游业转型升级具有重大的战略意义。

一、"一带一路"国家战略下的海南旅游发展机遇

习近平总书记提出来的"一带一路"的国家战略，实际上是涉及国际的政治地图、经济地图变化的国家战略，基于这一背景，对于海南省而言不仅涉及旅游业发展，实际上涉及整个海南省的发展路径、产业政策和行动纲领的问题。

（一）强化了海南省在世界旅游地图中的地位

"一带一路"规划包含"丝绸之路经济带"和"21世纪海上丝绸之路"两个层面。

传统的丝绸之路经济带，是从中国出发，进入中亚，一直延伸到欧洲；现代丝绸之路新亚欧大陆桥从中国的江苏连云港市出发，一直延伸到荷兰鹿特丹港，全长10900千米，辐射世界30多个国家和地区。

传统的海上丝绸之路，以宁波、泉州、广州等港口为枢纽，从这些

传统的港口出发，到东南亚、阿拉伯半岛和东非。到了 21 世纪的海上丝绸之路，线路走向南中国海周边的国家，包括向东盟国家延伸，这个含义用 "郑和之路" 能够更加形象地概括出来，"郑和之路" 就是从江苏经过海南岛，一直到马六甲海峡，再到东非。

"一带一路" 所涉及的一系列的规划，如交通设施、金融投资、人民互通等，将会极大地改变以中国为核心的世界旅游地图。

从世界旅游地图的变化来看，海南在海上丝绸之路战略实施过程中占有重要战略地位；从国家层面来看，海南省在 "一带一路" 战略实施过程中具有不可替代的作用。海南在 "一带一路" 规划中所提到的 21 世纪海上丝绸之路邮轮旅游合作，加强对外开放态势、建设国际旅游目的地等方面具有不可替代的桥头堡作用。

(二) 面向南海时代北连大陆、南拓海洋的基础设施建设机遇

入 21 世纪，海洋经济对国家发展的重要意义进一步得到强化，中国作为一个向海洋时代迈进的国家，未来势必会将陆地的国土和海洋国土统一考虑，统一部署。海南省将会从海南时代进入南海时代，它的内涵是指，未来南海诸岛将归于海南省人民政府的行政管辖范围。海南作为中国重要的海洋领土，在面向 21 世纪的海洋强国的战略下，应建立一套国家支持的基础设施的建设规划。

海南之于中国就像佛罗里达之于美国。海南位于中国南端，常年温暖的气候、阳光和海滩等资源将会吸引北方大量的内陆人口来度假消费。佛罗里达除了本岛以外，南部还有几十千米长的公路连接一系列岛链，

其中 Key West 跨海大桥自身也成为重要的旅游吸引物。

中国的跨海大桥也将越来越重要，京台高速已经进入列入规划，因此综合国家战略、国际经验和国内现状来看，琼州海峡大桥也应尽快提上日程。此外，开辟从海南到南海诸岛的海上航线和低空飞行航线也具有引领南海岛屿旅游发展、增强国民蓝色国土观念的积极意义。因此，海南省未来的基础设施基本格局为北连大陆、南拓海洋。

二、特区战略助力海南旅游产品竞争力提升

旅游产品体系的建设对海南以旅游业为核心的产业体系构建非常重要。最近三十多年的海南基础设施的改善和房地产的建设两大工程取得的成绩有目共睹。但海南作为国际度假目的地，公共服务体系和社区居民参与度假产品的建设等方面还存在很大不足。

度假旅游时代，酒店只占用游客十分有限的时间，城市生活类产品成为供给游客旅游体验非常重要的一个方面，但海南显然还不具备提供完善的度假类旅游产品的能力。以佛罗里达为例，佛罗里达除了海洋、海滨、沙滩以外，还有上百个高尔夫球场、几十个主题公园，形成了类型丰富、层次多样的吸引物和度假产品体系。目前中国还没有形成能够满足以国内游客为主的主题公园体系，海南可以抢占先机、填补市场不足，海南的主题公园不一定需要完全模仿迪士尼那样的大型主题公园，但可以借用其理念形成海南特色的主题旅游区。

秦巴山脉、青藏高原、海南是中国"三大绿肺"无雾霾地区，这三

个地区相比，青藏高原氧气不足、秦巴山脉没有海洋。在全国各地都深受雾霾困扰的现状下，海南的生态旅游和养生度假资源非常具有竞争潜力。

打破单一的酒店＋海滩＋阳光的产品组合，通过度假、休闲、娱乐、购物、民俗、节庆和商务等旅游产品的开发，不断完善海南旅游产品体系，才能充分延长游客在海南的停留时间，充分激发游客的消费潜力，促进与旅游发展相关产业的发展。

三、冲破樊笼，构建中国旅游特区政策与法规体系

目前中国长期以来形成的部门利益、集团利益框架，并以一系列存在漏洞和保守陈旧的法律、法规和过时的政策为保护伞，对任何新的框架的形成都带来了不利的影响和重重的束缚。所有的旅游产品建设，如度假产品、生态旅游产品、娱乐旅游产品、观光农业、海洋旅游产品、航空产品，都需要相关政策的支持才有可能实现。

中国现有政策及法规已将高尔夫妖魔化。海南是中国旅游特区，作为度假旅游目的地，如果离开高尔夫就不能被称之为度假目的地。放眼全球，世界知名度假胜地，都离不开高尔夫产品的开发。美国的南卡罗莱纳州，在当地浓郁欧洲传统风情基础上引入高尔夫度假旅游产品开发，华丽升级为美国著名的高尔夫度假目的地。日本的人均耕地及用地现状比我国更加严峻，但日本每十万人中拥有的高尔夫球洞数量比我国高出许多倍。

解决这一困境的焦点在于高尔夫球场究竟该为谁而建。海南可利用旅游特区和国际度假目的地的双重身份优势，向中央政府申请不受高尔夫现有政策限制的法律支持，旗帜鲜明地建立高尔夫度假目的地的品牌，但同时应当避免被房地产化。

2011 年 8 月 5 日由国家发改委牵头发布《关于暂停新开工建设主题公园项目的通知》，通知规定要暂停新的主题公园建设并上报现有主题公园建设情况。主题公园作为旅游产品，在海南中国旅游特区建设的背景下，可以在旅游发展的框架下突破现有政策限制，申请针对海南主题公园发展的政策支持。

伴随着中国经济的发展，2014 年中国出境人数达 1.15 亿人次，旅游花费达 1400 亿美元。香港商品丰富的类型、标准的品质、低廉的价格，带动了香港购物旅游的大发展。在国人购买力持续上升的驱动下，海南应该申请购物特区建设相关政策支持，比如海南可以将世界范围内高品质的产品，以跟香港一样的进口价格批发进口，并以一样的销售价格在海南销售，将海南建设成为面向大陆游客的第二个购物天堂。海南购物旅游的发展不仅有利于满足国人日益增长的旅游消费需求，也有利于解决"海外购物，中国制造"的尴尬境地，更有利于消费资本在国内市场的合理分配。

最后一个方面，海南可要求全国人大授权，暂停限制性法律的实施。我国现有法律以部门主导为主，限制了中国的改革开放和全民创业激情。以农村为例，中央 1 号文件连续多年鼓励农村发展混合经济，以一二三产业混搭带动农村地区发展。但现有土地法、农村土地承包法、物权法

等，又规定农村土地归集体所有，不能进入市场，也不能够用于非农建设，这些过时的法条与一号文件指明的发展方向背道而驰，限制了农民和开发商的投资热情。

在现有背景下，海南省可率先建设中国农村土地长租化试验区。在不涉及社会主义公有制前提下，国家出面将土地长期（比如99年或150年）租赁给农户使用包括进入市场流通，以土地长租，吸引各项资本向农村地区的集聚，以旅游业的发展带动农村地区的产业结构升级；以农民与企业参股分红的方式，合理分配经济收益，促进多方主体的参与共建；形成良性长效开发机制，带动海南旅游业的可持续发展。

美国为什么会错过亚洲基础设施投资银行

文 \ 何帆

盘古智库学术委员会主任委员，
中国社会科学院世界经济与政治研究所副所长

美国国际战略研究中心（以下简称 CSIS）是美国华盛顿特区的一家智库。在宾夕法尼亚大学的全球智库排名中，CSIS 经常排在国际政治类第一名，最近几年，它在国际经济政策类的排名也很靠前。这家智库的大楼坐落在罗德岛大道。最让我好奇的是，CSIS 的会议室、研究人员的办公室都是用透明的玻璃隔起来的。走在罗德岛大街上，一抬头，就能看到 CSIS 的研究人员有没有认真上班。办公室这么透明，是不

是也有点过头了？我在心里暗暗嘀咕。

政治经济项目组负责人 Matthew Goodman 正在讲台上讲 CSIS 最近完成的一份报告：《破浪前行：转型时期中国的经济政策决策》（Navigating Choppy Waters: China's Economic DecisionMaking at a Time of Transition）。Matthew 不是中国问题专家，他的主要研究领域是贸易政策，最熟悉的国家是日本。Matthew 和助手 David Parker 做这个课题已经两年了，他们试图对中国的经济政策决策过程做一个清晰简要的描述和分析。Matthew 讲到，要想了解中国的经济政策决策，不能只关注政府的各个部门，还要了解中国国家的整体战略意图；不能只关注中国的政策部署，还要关注地方官员的积极性。

这听起来像是在对美国的听众做普及，但吊诡的地方恰在于此。按道理来讲，中美之间的沟通交流渠道很多，那么多的商人、学生和游客相互往来，那么多的美国学者研究中国问题，那么多的中国学者研究美国问题，但遗憾的是，直到如今，中美之间仍然存在着重大的误读和误判。

不出我的意料，Matthew 讲着讲着，话题就扯到了亚洲基础设施投资银行（AIIB，以下简称亚投行）。他说，美国在亚投行的问题上由于误读误判，犯了严重的错误，错失了一个良机。我们开会的这一天，正是报名参加亚投行的最后一天，眼看着盟友争先恐后地加入了亚投行，美国的郁闷可想而知。在 Matthew 之后，是美国前国务卿奥尔布赖特的演讲，她也开诚布公地承认，这次美国在亚投行问题上失算了，只能在以后再找机会跟中国合作。

2014 年在澳大利亚悉尼开会的时候，Matthew 也参加了。当时我就问他美国政府对亚投行的看法。按照他的解释，美国的财政部对亚投行心存疑虑，但并未一棒子打死，反对的是国务院（State Department）。出于冷战思维的惯性，国务院觉得这是中国对美国霸权的挑战，竭力阻挠其盟友参加亚投行。澳大利亚财政部其实对亚投行很感兴趣，但其外交部却疑虑重重。在美国的干预下，澳大利亚迟迟不敢提出参与亚投行。

其实，美国之所以错失亚投行，还有一个主要的原因——国会从中作梗。美国人在观察中国政策决策的时候，经常会忽视党的作用，也不完全了解中国各地的巨大差异；同样，中国人在观察美国政策决策的时候，经常会忽视国会的作用。美国国会里的议员大多是地方上的政客，但常常能左右美国的外交政策。这次美国之所以反对亚投行，说白了，就是因为国会中有一个"鹰派人物"强烈反对，但这位仁兄其实对中国问题一窍不通。另一个原因恐怕是，美国一开始对亚投行并不重视，不觉得这事儿能干得成。这期间恰好遇到美国财政部换届，主管领导不在，底下的办事人员拖拖拉拉、互相推诿，贻误了时机。

从另一角度来看，恐怕中国也没有想到亚投行能有这么大的收获。中国一开始并没有考虑另起炉灶，总是寄希望于布雷顿森林体系机构，即国际货币基金组织（以下简称 IMF）和世界银行的改革。全球金融危机之后，美英主动找到中国和其他新兴市场国家，希望能够改革 IMF 的投票权份额，增加中国和其他新兴经济体的话语权，这在 G20 峰会上早已达成共识，但有关的改革方案至今还没有得到美国国会的批准。正是出于对布雷顿森林体系改革进展迟缓的不满，中国才开始考虑倡导建立

新型的国际经济组织。

最初，金砖银行更吸引眼球。按说，金砖银行仅仅涉及中国、印度、巴西、俄罗斯和南非五国，成员国数量不多，且五国的政治经济诉求接近，谈判成本应该更低，但由于地域上分布太松散，而且在谈判中其他国家过于强调平起平坐，最终使得金砖银行的象征意义大于实际意义。

从机制上看，亚投行更为灵活。如果把思路打开，亚投行并不局限于亚洲，甚至不局限于基础设施。它的精彩之处，在于找到了一个带动全球经济复苏的支点。在全球金融危机爆发之前，就有关于全球失衡的激烈讨论，但西方的学者关注的更多是需求方，哪个国家储蓄太低，哪个国家消费太低，吵得不亦乐乎。亚投行的思路是从供给方入手，全球现在最稀缺的是投资机会。它之所以吸引这么多国家参与，不是因为大家都想跟中国这个土豪交朋友，而是想通过这个平台，找到更多、更好的投资机会。

一个全新、开放的平台是各国都翘首期待的。中国这次能够在亚投行的路演中获得这么多的追捧，恰恰证明，开放的姿态是最受欢迎的。像 CSIS 这样通体透明，怕是会对研究人员的工作效率有一定的负面影响，但要是走到另一个极端，搞得深宅大院一般，最后只能是孤家寡人。

亚投行还没有到庆功的时候。当 40 多个成员齐聚一堂的时候，可以想象，有多少不同的意见，有多少激烈的辩论。亚投行要走的路还很长。

烟花三月下"洋洲"

——解读丝路愿景与行动

文 \ 赵磊

盘古智库学术委员，中央党校国际战略研究所教授，
目前主持中央党校"一带一路与边疆稳定"重点课题

背景： 2015 年 3 月 28 日，国家发展改革委、外交部、商务部联合发布了《推动共建丝绸之路经济带和 21 世纪海上丝绸之路的愿景与行动》。由此，丝路战略正式进入进行时。

一、内容全面翔实，国内大局、国际大局充分结合

文件共有九个部分，即前言、时代背景、共建原则、框架思路、合作重点、合作机制、中国各地方开放态势、中国积极行动、共创美好未来，全文 8400 字，可能是进入新世纪章节最多的中国外交文件（包括白皮书），也表明中国政府的重视程度非同一般。文件充分结合国内大局与国际大局，展现了中国国际战略的视野、中国外交的责任进入到全新的阶段，即全球化时代，"大家好才是真的好"已经成为中国的战略文化。中国经济和世界经济高度关联，中国安全与国际安全也高度关联。中国积极倡导"共同体外交"，这一外交的实质，不是单纯寻求一国利益，而是将共同体成员的利益捆绑在一起，实现普遍的利益增值。因此，区域开放主义、多边主义、协商共建、利益均沾等原则是"共同体外交"的逻辑基础。笔者认为共同体外交有三个阶段：第一，利益共同体阶段，即要在满足需求上做文章，强调"普遍收益"；第二，命运共同体阶段，即要在应对挑战与回应压力上做文章，强调"同舟共济"；第三，价值共同体阶段，即要在相关欣赏与内心认同上做文章，强调"信任至上"。

二、丝路从历史中来，更是现实的需要

历史上，丝路的时间起点是 2000 多年前，丝路的主体不仅是中国人，是亚欧大陆所有人民；丝路的性质不仅是多条连接亚欧非几大文明

的贸易通道，是一条人文交流通路，更是一条文明互鉴之路；和平合作、开放包容、互学互鉴、互利共赢是最宝贵的"丝路精神"。

进入 21 世纪，世界多极化、经济全球化、文化多样化、社会信息化成为时代潮流，全球经济复苏、国际安全问题的解决需要有创见的思想和制度安排。目前，全球性挑战包括：第一，国际金融危机深层次影响继续显现，世界经济缓慢复苏、发展分化，国际投资贸易格局和多边投资贸易规则酝酿深刻调整，各国面临的发展问题依然严峻。第二，亚欧大陆以及亚欧非几大文明遭遇传统安全威胁与非传统安全的强力冲击，人们内心深处充满恐惧与不安。因此，面对复苏乏力的全球经济形势以及纷繁复杂的国际和地区局面，"一带一路"战略应运而生。

加快"一带一路"建设的世界意义：第一，有利于促进沿线各国经济繁荣与区域经济合作；第二，加强不同文明交流互鉴；第三，促进世界和平发展，将经济合作的成果"外溢"到丝路沿线国家的战略互信。因此，对"一带一路"的准确定位应该是：是国际合作以及全球治理新模式的积极探索，是世界和平发展的正能量。

三、原则清晰、框架完整，丝路战略是高度透明的

共建原则具体包括：第一，恪守联合国宪章的宗旨和原则。2015 年是联合国成立 70 周年，中国是联合国组织与原则的坚定支持者。第二，坚持开放合作。"一带一路"国家基于但不限于古代丝绸之路的范围，千万别把丝路沿线国家限定在 65 个。全世界有 230 多个国家，只要致力

于"一带一路"发展的，都是丝路国家，这样看既包括美国，也包括拉美，因此丝路国家是"65+"的概念。第三，坚持和谐包容。欧亚大陆可能是世界文明最多元的区域，丝路的魅力恰恰在于不同制度与模式的相互吸引与文明宽容。第四，坚持市场运作。要充分发挥市场的决定性作用和企业的主体作用，政府的作用以导向和服务为主。第五，坚持互利共赢。互利共赢包括和平、和睦、和谐三个层次：和平指国家之间没有战争，和睦指人与人之间充满友善和关怀，和谐指人与自然和谐相处。

框架思路具体包括"两个明确"：第一，明确"一带一路"的重点区域。"一带一路"贯穿亚欧非大陆，一头是活跃的东亚经济圈，一头是发达的欧洲经济圈，中间广大腹地国家经济发展潜力巨大。因此，"资源、能源合作"不是"一带一路"的唯一主题甚至优先主题，发达经济体的资金、技术和经验，也是丝绸之路的宝贵财富。第二，明确"一带一路"的发力点。陆上以沿线中心城市为支撑，以重点经贸产业园区为平台，打造多条国际经济合作走廊；海上以重点港口为节点，打造海运大通道。中巴、孟中印缅两个经济走廊是"一带一路"的重要组成部分。

四、合作重点具体细致，丝路建设的正面清单

以政策沟通、设施联通、贸易畅通、资金融通、民心相通为主要内容，重点在以下方面加强合作。

政策沟通是重要保障。防止丝路建设的"断裂化"倾向，丝路建设是沿线各国共同参与的宏图伟业，它的推进应该体现沿线各国的意愿，

避免中国单方面主导，避免中国单方面承担责任或义务，避免"中热外冷"；要加强同国外相关国家的政策沟通，协商制定丝路合作规划和具体措施。

设施联通是优先领域。要逐步形成连接亚洲各区域以及亚欧非之间的基础设施网络，交通基础设施、能源基础设施、信息基础设施是关键领域。但要注意丝路是生态脆弱地区，绝不能以牺牲生态环境为代价换取经济的一时发展。要强化基础设施绿色低碳化建设和运营管理，在建设中充分考虑气候变化影响，要建设绿色丝绸之路。

贸易畅通是重点内容。投资贸易便利化是重中之重，自由贸易区战略将迎来新的高潮，既包括国内自由贸易区，也包括同沿线国家的双边或多边自由贸易区建设。跨境电子商务等现代服务贸易将成为合作重点。走出去的不仅包括中国产品、中国资本，也包括中国经验，如各类产业园区的走出去。

金融通是重要支撑。亚洲基础设施投资银行、金砖国家开发银行、丝路基金、上海合作组织融资机构等是"一带一路"落地的金融支持。

民心相通是社会根基。留学，举办文化年、艺术节等，联合申请世界文化遗产，加强旅游合作，增强医学和卫生合作，促进体育以及科技合作等活动的规模和质量都将显著提高。要用人文交流来夯实丝路发展的民意和社会基础。"一带一路"国际高峰论坛将适机成立。

五、中国各地方是落实"一带一路"的关键力量

分为四大区域:第一,西北、东北地区。其中,新疆是丝绸之路经济带的核心区。陕西、甘肃要发挥综合经济文化优势,宁夏、青海要发挥民族人文优势。发挥内蒙古联通俄蒙的区位优势,加强东三省与俄远东地区陆海联运合作,推进构建北京—莫斯科欧亚高速运输走廊,丝路建设不仅向西开放,也要向北开放。第二,西南地区。广西是海丝的战略支点。要把云南打造成为大湄公河次区域经济合作新高地。推进西藏与尼泊尔等国家边境贸易和旅游文化合作。第三,沿海和港澳台地区。福建是海上丝绸之路的核心区。沿海省份以及港澳台的定位要围绕海洋战略、国际旅游资源开发、港口建设、国际枢纽机场建设、全球金融中心建设等内容展开。第四,内陆地区。诸多有能力、有规模的城市群是重点区域。洲际通道铁路运输、口岸建设、国际陆港、特色园区建设等是发力的重点方向。

六、以"五有"推动"一带一路"落地

在实践中,"一带一路"要真正落地,要注重"五有",即有内容、有品质、有品牌、有人气、有人才。

有内容,要思考什么样的中国对丝路国家有吸引力,一则是产品,二则是思想。有内容,关键要了解我们的合作伙伴,要以"庖丁解牛"

的态度去分析每一个国家，而不是"我们有什么，就卖什么"，要十分细致地去了解每一个国家、每一个群体对中国的具体期望，也要认真思考我们的需求什么。战略的避讳是笼统和肤浅。

有品质，要用真正的精品展现中国魅力。看了文件以后，相信中国31个省区市的心情可以概括为"几家欢喜几家愁"，欢喜的是因为一些省份被正式冠名为"核心区""战略支点"等高大上的美誉。其实，真正有竞争力的省份和城市不需太在乎"是否上榜"，有品质才有魅力。关键不是叫什么，而是要思考和打造本省份究竟有哪些"不可替代"的错位竞争优势。例如，以广东阳江为例，可主动对接欧洲丝路国家，如同意大利进行中小企业与创新合作，同德国进行刀剪产业合作。作为中国的刀剪之乡，要打造中国版的双立人；有宋代沉船"南海一号"，要在文化上深度挖掘"海上敦煌"；在青山绿水、蓝海鱼鲜、咸水温泉、风筝之乡的基础上，做好休闲游、健康游。中国的丝路城市要做精致资源，而不是"大开大合"。

有品牌，要做百年老店，要展现"时间就是金钱"。为什么中国作为一个制造业大国，国人却要跑到日本去买马桶盖，一则我们的很多产品缺乏品质，假冒伪劣产品太多；二来我们的很多产品没有品牌，没有在消费者心目中建立忠诚感和美誉度。就中国而言，不仅要"走出去"，更要赢得国际社会对中国的尊重与信赖，要做经得起时间考验的伟大事业。

有人气，中国丝路城市要展示"人情"与"乡愁"。有外国人说，中国有五千多年的历史，但怎么置身在中国的城市中，感觉不到五千多年的历史要素，包括人的素质。久而久之，很多外国人以失望的心态离开

中国城市，甚至居住在大城市的中国人的内心深处也常常感受到冷漠和孤寂，城市没有"人情"就很难有"人气"。此外，要加强对丝路国家的人文交流，要避免心浮气躁，要在细节和争取人心上下功夫。

有人才，丝路建设最缺乏的不是资金和资源，而是人才和思想。淡定与远见源于智力支持。要整合全国人才资源建立丝路研究院，同时配套建立智库产业园区，积极发挥对所需人才的孵化作用。当然高端人才的总量是有限的，因此要在共享人才上展开合作，而不是互挖墙脚。中国目前极其缺乏国际组织与多边合作型人才，因此要培育重视国际组织的社会文化，营造青年人到国际组织中去磨炼自身、实现自身价值的良好社会氛围。

战略中的比较优势与相关建议

新疆、陕西、甘肃在"一带一路"

文 \ 赵磊

盘古智库学术委员，中央党校国际战略研究所教授，
目前主持中央党校"一带一路与边疆稳定"重点课题

中国西北五省（区），即陕西、宁夏、青海、甘肃、新疆，是丝绸之路经济带建设的前沿地区。在制定发展规划时，这些省份既要突出各自的比较优势，又要注重区域协调，避免不必要的恶性竞争和低水平重复。目前，新疆、陕西、甘肃三省区发力较早，下文将重点分析这三个省区的比较优势和未来规划。

一、新疆、陕西、甘肃的比较优势

新疆的比较优势有六点：一是区位优势：新疆临近中亚，在其5600多千米的漫长边界线上，与8个国家接壤，拥有17个对外开放一类口岸。二是资源优势：新疆是我国能源资源的战略基地。三是政策优势：新疆作为西部大开发的重点，新一轮19省市对口支援，在经济社会发展的方方面面都享受了国家的倾斜政策和照顾，拥有财税、金融、土地、产业等诸多的优惠政策。四是航空优势：目前，新疆通航机场达到22个，成为全国支线机场数量最多的地区；国际航线可通土耳其、中亚五国、阿塞拜疆、俄罗斯、巴基斯坦、中东迪拜等。五是平台优势：亚欧博览会。六是人文优势：新疆与周边国家交往便利直接，宗教、民族习俗相近。

其中，新疆在历史、文化、宗教等方面与中亚国家有着天然的相似性和关联性，具有与其进行经贸往来的诸多优势和便利，如一是便利的穆斯林礼拜环境。相比较而言，国内很多经济发达的地方不具备这一条件。例如，浙江义乌有很多穆斯林商人，当地政府也拨款为穆斯林商人租用和修建了礼拜场所，但数量有限，而且没有清真寺。二是完善的穆斯林教育环境。在义乌，有些穆斯林小孩在普通幼儿园就读，他们的父母中午还得专程给他们送清真午餐。但新疆拥有高质量的穆斯林教育环境。这为穆斯林商人留驻新疆解除了后顾之忧。三是标准规范的清真饮食环境。清真饮食是穆斯林食用的、符合伊斯兰教饮食律例的食物统称。

新疆有非常便利的清真饮食环境，这对来中国投资经营的国外穆斯林商人而言有极强的吸引力。

陕西的比较优势有五点：一是金融优势：陕西围绕丝绸之路，建设五大中心，即金融中心、物流中心、使领馆中心、文化交流中心、商贸中心。其中，金融是重头。二是旅游资源丰富：陕西旅游资源品位高、存量大、种类多、文化积淀深厚，地上地下文物遗存极为丰富，被誉为"天然的历史博物馆"，对相关国家有极大的吸引力。三是工业优势：陕西工业基础雄厚。四是教科文优势：陕西拥有丰富的科研院校资源，能够吸引中亚国家精英阶层人士及其子女前来留学，把西安作为一个文化交流中心。五是平台优势：欧亚经济论坛。

甘肃的比较优势有四点：一是区位优势：丝绸之路全长近 7000 千米，在甘肃有 1600 多千米，是世界丝绸之路的精华路段。二是旅游优势：著名景点如敦煌，"敦煌行·丝绸之路国际旅游节"品牌知名度越来越高，已举办了三届。三是交通优势：整个陇海线、兰新线是经济通道中国段的主轴，而兰州是主轴的中心节点城市。四是平台优势：申请将兰州洽谈会升格为"丝绸之路兰州国家贸易洽谈会"；筹办丝绸之路经济带向西开放（兰州）论坛。

二、新疆、陕西、甘肃的未来规划及相关建议

新疆的未来规划主要集中在：第一，产业建设上，加强纺织服装产业发展，努力完善纺织服装产业"三城七园一中心"的规划和建设。第

二，加工制造业（特别是出口加工业）的升级换代。2012年，新疆的非石油工业增加值首次超过石油工业，显示出新疆经济在结构上正在发生一定调整。第三，谋划"新疆—中亚（上海合作组织）自由贸易区"建设。第四，铁路—公路—航空—信息—能源管道五位一体的立体网络建设。第五，准予中亚各国在乌鲁木齐设领事馆。

陕西的未来规划主要集中在：第一，呼吁国家设立丝绸之路经济带自由贸易区，并将围绕自由贸易区建设五大中心，即金融中心、物流中心、使领馆中心、文化交流中心、商贸中心。第二，西安作为承东启西的地方，可以成为能源交易、结算中心，甚至还可以做能源期货市场，围绕能源推动金融中心建设。第三，与中亚国家商谈设立产业园，为西安民企进入中亚创造条件。第四，在□灞生态区设立中亚使馆区的方案已获外交部批复。

甘肃的未来规划主要集中在：第一，在兰州新区设立综合保税区、设立国际港务区。第二，争取中西亚留学生教育项目在兰州布点。第三，设立上合组织兰州代表处。第四，申请将兰洽会升格为丝绸之路兰州国家贸易洽谈会。第五，争取丝路沿线国家在兰州设立领事馆或商务机构。第六，筹办丝绸之路经济带向西开放（兰州）论坛。

对相关省份的总体建议是："丝绸之路经济带"建设不仅要服务于经济发展，更要立足于周边国家同我国政治关系更加友好、安全合作更加深化、人文联系更加紧密。因此，要讲平等、重感情；常见面，多走动；多做得人心、暖人心的事；要本着互惠互利的原则同周边国家开展合作，编织更加紧密的共同利益网络。

对西北五省而言，"丝绸之路经济带"的建立与发展是实现西北地区整体跨越式发展的难得机遇。在经贸、人文等领域，这些省份与中亚国家合作前景广阔，有很大的物理相似性——拥有丰富的能源、大力发展旅游业并存在严重的水资源短缺等。因此，相关省份可与上述国家在能源利用、节水技术、防沙治沙、旅游开发等方面开展深度合作。

此外，还可以在如下领域重点发力。

第一，建立"丝绸之路经济带"的全国教育研究与培训中心：为经贸合作的可持续发展提供智力支持，并为全国从事"丝绸之路经济带"合作的部门和人员提供语言翻译、信息保障和专业培训等服务。例如，可率先在西安成立国家级"丝绸之路研究院"，在乌鲁木齐成立"中亚研究院"，在宁夏成立"中阿研究院"，并支持相关院所横向开展学术合作以及联合培训等业务，等等。

第二，吸引中亚国家企业和工商会驻华代表处落户西北省会：其功能主要是向中亚国家推荐西北企业和产品，为西北企业出访提供邀请函，并提供介绍经贸合作伙伴等方面的服务。

第三，明确合作对象和引进重点：一方面，要积极引进国内外影响力大的尤其是世界 500 强和国内 100 强企业总部或地区总部，特别是吸引国内有意开拓丝绸之路市场的企业总部落户西北省会。另一方面，培养西北本土特色产业总部，大力培育龙头企业、特色产业，努力提升西北本土特色产业的竞争力和研发能力。

第四，除不断扩大农业和工业合作外，西北省份与中亚国家可逐步开拓战略性新兴产业合作：如新能源、新材料、电子信息产业、生物医

药、节能环保、新兴服务业，尤其是生产性服务业，其中包括现代物流、金融、会展、文化创意等，这些产业也是资金乐于流向的地方。

第五，以金融业和服务业为突破口：应借鉴上海自由贸易试验区、深圳前海服务业试验区的经验，积极积累金融改革以及服务业改革的优秀做法，共同规划"丝绸之路自由贸易试验区"落户西北。推动成立"丝绸之路基础设施投资银行""欧亚银行"，前者侧重跨国高铁、高速公路、国际航空港建设，后者侧重于资源开发和产业发展等。

第六，推动西北五省人才储备库建设：在高校学科建设上以及人才培养上开设相关专业，以培养专业人才。支持和鼓励大学生的海外留学项目，提升西北省份高校对中亚国家来华留学的整体吸引力，并与丝路沿线国家大学建立校际合作交流联系。需要强调的是，储备库的人才要打破地域限制，坚持"不求所有，但求所用"的理念，充分发挥各类人才的潜质和能力。

第七，联合打造中国"丝绸之路—国家形象"宣传片。各地外宣办应在自身定位准确、清晰的基础上，塑造完整的丝路形象，既要突出自身优势，更要强调地区规划的整体框架。而且，形象塑造不仅要展现人文山水、历史风光，更要展现中国城市的精神风貌，以细化国内外受众对"中国梦"的进一步理解和尊重。

总之，经贸发展以及丝路规划的目标是不断促进西北边疆民族地区的民族和睦与社会稳定。经贸合作是平台和途径，终极目的是西北五省区全体人民群众的发展和幸福。归根结底，经贸发展所需的市场和机遇主要在国内，而不是在国外，搭丝绸之路经贸合作的平台，最终目的是

为相关省份争取国家优惠政策，吸引国内外投资，创造良好的经济社会发展环境，不能为了发展而牺牲稳定。

三、结语

目前，美国高调重返亚太，对中国的海洋安全带来巨大压力，在此背景下，重视西向战略，重视丝绸之路经济带建设，不仅能够有效地进行战略缓冲，而且能够把握战略主动。总体原则是，要加强顶层设计，获得制度支持。把经济带建设纳入国家整体战略，统筹国内、国际两个大局，即把国内段发展与国外段发展结合起来。必要时可以成立经济带办公室及跨国协调委员会。需要强调的是，中国应同俄罗斯等区域大国进行充分的政策协调以及信息沟通。中国的战略抱负不仅是经贸领域的合作共赢，更是安全领域的信任建立。在此过程中，应特别注意以下要点：

第一，生态脆弱，绝不能以牺牲生态环境为代价换取经济的一时发展。西部地区是生态环境脆弱区。在建设丝绸之路经济带时，既要实现工业化、城镇化、信息化、农业现代化等目标，更要重视生态环境保护和生态文明建设。因此，在经济带建设中，要充分保护和改善国内外共同拥有的自然环境，消除能源运输等经济因素造成的消极影响；严格避免引进国内外的淘汰落后产业，应因地制宜大力发展商务会展、商贸物流、旅游休闲等现代服务业。

第二，突破交通物流瓶颈，建成发达的辐射状经济区域。丝绸之路

经济带首先是交通物流经济带，要以交通干线和综合运输通道作为发展主轴，在轴线上以大中城市为依托，以发达的产业、特别是二、三产业为主体，建成发达的辐射状经济区域。目前，中国连接中亚地区的交通运输基础条件差，物流成本高，是经济带建设的主要瓶颈。就产业而言，要进一步明确陕西、甘肃、新疆等省区的功能定位和产业发展方向，以省会城市为轴心，逐步建立各节点城市分工明确、功能互补、各具特色的现代产业体系和以促进丝绸之路经贸合作为目的的现代产业集群。

第三，补齐人才短板，加强具有国际视野的外向型人才建设。丝绸之路经济带涉及的省区主要是西部地区、边疆地区，人才总量相对不足，人才开发社会化、市场化的体制机制尚未完全形成，在人才培养与引进合作、人才信息与资源共享、人才自由流动等方面，还存在着体制机制性障碍。特别是外向型人才不足，人才国际性交往较少，访问学者和留学人员互派尚未形成规模，具有国际视野、了解国内外市场经济运行规律、熟悉国际规则和惯例并能参与国际竞争的高素质外向型人才严重缺乏。所以，经济带建设首先要补齐西部地区的人才短板。从某种意义上说，没有人才就没有推动"丝路"建设可持续发展的"思路"。

第四，民族宗教因素复杂，绝不能为了经济发展而影响社会稳定。中央实施西部大开发战略主要考虑两个方面的原因：其一是边疆因素，中国 2.1 万千米的陆地边界线大部分在西部，其二是民族宗教因素，因为西部地区集中了全国 80%以上的少数民族。现实中，广大民族地区依然是中国最贫困落后的地区，国际反华势力极易利用这一点，推动中国民族问题的国际化。因此，不能"为合作而合作"，丝绸之路首先是一条

和平与稳定之路。我们要未雨绸缪，对一些国际合作的负效应保持警惕，如非法移民、恐怖主义等问题。

最后，经济带建设要立足长远，加强学术研究，获得智力支持。在中国，中亚研究是被学术界长期忽视的领域，现有研究主要集中于反恐等安全议题，学术积淀和知识储备较弱。因此，应深入研究中亚等相关国家的经济、人文等重要情况。积极推动中国智库同相关国家智库的联合研究，加强智库以及学者的学术对接，以夯实丝绸之路经济带建设的民意基础。

丝路"一带一路"大自由贸易区顶层设计

——盘古智库支啥招

文 \ 盘古智库

〔**导语**〕

2014 年 12 月 21 日上午，盘古智库"丝绸之路经济带"课题组成员易鹏、吴志峰、管清友、张明、冯维江、白墨在盘古智库香山书院发布了最新研究报告与建设构想，研究构筑中国 H 型大战略、形成中国国内天元区域发展、实现"丝绸之路经济带"和"21 世纪海上丝绸之路"大战略和构筑丝路"一带一路"大自由贸易区（SRT）建设。其构想旨在恢复重新建立一个亚欧伙伴关系（AEP），在丝绸之路区域中，实现资本、贸易、服务、劳务自由流动的大市场。

盘古智库"一带一路"课题组成员在现场和大家一起分享了历时 9个月的研究成果，与参会嘉宾和众多媒体进行了热烈的交流与讨论。

关键词 1：H 型大战略

中国如何取得国际话语权

太平洋区域占全球 GDP 总量 70%以上，中国、美国、日本、欧洲和欧盟世界主要经济体都在这条线上，所以美国做大西洋的建设。以前我们开放的格局是 WTO，如果美国主导的两个自由贸易区建成，中国要重新进入新一轮 WTO 谈判，进入新的贸易格局。

中国在积极参与跨太平洋自由贸易协定（以下简称 TPP）和跨太平洋自由贸易协定（以下简称 TTIP）建设的同时，也提出了 APEC 建设目标，但是 APEC 目标和美国提的目标大部分是重合，而美国的领导地位很难短时间消除。

"一带一路"无论是从海上走还是路上走，目的是构建欧亚中心形成大的自由贸易区。"一带一路"是 H 型大战略，最新全球地缘政治、经济发展中国的出牌，安全大战略中间使中国在世界上担当发挥责任作用，同时也确立中国在国际话语权很重要的回旋空间。

关键词 2："一带一路"
为什么提出"一带一路"

易鹏：原因很简单，中国现在已经成为世界第二大经济体。以前，中国是世界规则的跟随者，但在未来，中国会参与到世界规则的制定。目前，中国已有一定的实力，要考虑国际化的问题，要有所担当、承担更多的全球责任。

管清友："一带一路"从习近平总书记提出到现在，盘古智库一直在关注。这是第一次由中国提出并且主导的国际战略、国际机制，在此以前是没有的。之前我们在上合组织、中国东盟之间充当一定的角色，但是起到主导作用还没有。

关键词 3：丝路"一带一路"大自由贸易区（以下简称 SRT）
什么是 SRT

易鹏：相对美国提出的 TPP 和 TTIP 而言，SRT 是更大的回旋。SRT 是指在"丝绸之路经济带"和"21 世纪海上丝绸之路"沿线国家和国内有关省市建立相应的自由贸易区或者经济合作区，恢复和重新建立一个新型亚欧伙伴关系。

陈秋霖：中国最大的转型是大国的转型，从人口大国、地域大国，变成从经济、文化等各种转型过程中，必然要承担不同的责任和义务。

三流国家做产品，二流国家做标准，一流国家做文化，我们要进一步转型要从标准上看。大自由贸易区的建设本身是标准的体现，落实之后才能成为真正的标准。

SRT 的布点应该放在哪里

SRT 的布点应该放在偏远地区，有两个点是支撑点。一是西安为龙头辐射丝绸之路。二是重庆或者是成都辐射西南地区，也就是从中国、南亚和东盟角度。

SRT 建设过程中，不能多做形象，我们要点对点共同高举 SRT 大框架，每个点借鉴不同的方案，比如迪拜税收优惠、法制便利，香港和新加坡力促贸易便利化等等。

谁是 SRT 的推进主体

一方面，中国要建立基金和金融工具推动基础设施建设；另一方面，企业要做主体。目前 PPP 模式：现在中国的钱很多，股票市场这么多钱，把这部分资金放进来，或者是央企、民企更多形成投资主体形成更大的建设。规则要制定，中国主导这个平台，但是要各方面共同参与规则制定，从而使得中国能够参与或者是引导自由贸易区规则的制定，SRT 规则制定，当然也是 SRT 组织的建设。还有就是用新技术，建立新商业模式、新合作模式推动自由贸易区，尤其是用信息技术。很简单一点，我

们鼓励阿里巴巴网上丝绸之路的建设,除了高速公路、铁路、民航、油气管道外,还要在网上建立电子商务新技术的自由贸易区建设。

SRT 要建立"官学企"一体化研究

中国要建立智库联盟,与印度、印尼等智库一起合作。我们应该和国际上丝绸之路各种优秀智库一起做研究,提出具体的概念,就基础设施、金融和产业合作与人文交流等方面提出具体项目,寻找新动力。

关键词 4:天元战略
为什么提天元战略

我们认为中国"一带一路"和长江经济带、中国三大区域战略、京津冀协同发展更多考虑的是政治社会因素,而经济因素是"一带一路"加长江经济带,长江经济带经济总量占 40% 多上,占中国面积 25% 以上,跨越 11 个省市区,这是中国最有底蕴和实力的空间。

对于中国政府 2015 年重点推用的"一带一路"、京津冀协同发展、长江经济带三大战略,易鹏指出,在这些区域发展中,中国要以西安、郑州、长沙、武汉、重庆、成都组成一个"天元战略"城市带,构成中国经济发展的夯实之地。天元战略要完成中国三大地区区域战略的对接,即长江经济带对接"一带一路"和京津冀的战略,构造中国对内开发和对外开放的大区域经济平衡发展复合体系。2015 年,中国区域建设将以

天元为心，京津冀为首，长江经济带为体，"一带一路"为两翼，平衡中国区域发展全格局，实现国家腾飞。

天元战略城市带准入条件

天元战略中的城市要满足两个条件：第一，是要有龙头城市能够承接，天元战略范围包括西安、郑州、长株潭、重庆、成都。美国有三大城市群，日本也是三大城市群，美国有 3 亿多人口，日本有 1 亿多人口，中国是 13.5 亿人口，不太可能发展城市群，未来中国就要形成天元概念。每个节点距离大概 2 小时左右，西安到成都、重庆，重庆到长沙、武汉到郑州、郑州到西安基本 2 小时左右。第二，是长江经济带的水运数据。天元战略是中国的中心地带，这个区域可以形成大的、紧密的概念。

关键词 5：飞地自由贸易区

飞地自由贸易区是通过租借、租赁、合作、投资等方式，在其他国家和地区建设互惠双方的自由贸易区或经济园区，例如瓜达尔港自由贸易区，发挥优势互补，共建共享中国改革的成果。

我们要建立农业的飞地，实现农业产品全部自给自足，并且建立畜牧业的物流系统。

中国和中亚地区要产生畜牧业自由贸易区或经济区，因为中国对很多国家农产品进入提出了很多的管卡,可以把畜牧业放在中亚。

易鹏:我去了阿拉善地区,那边放牧地方的草几乎全部被羊啃光了,一头羊一年基本可以把一个山啃光。从畜牧业的角度来讲,16 亩至 24 亩地是一头羊的承载量。现在中国西部地区的生态有很多的好处,一是退耕还林,二是接木。现在女孩吃水果不吃饭,现在男孩吃牛肉,也不怎么吃粮食了。在这种情况下,我们需要大量牛羊肉,我们要建立中亚农产品经济带。中国农产品要在俄罗斯远东地区和东盟地区建立一系列农产品,俄罗斯有畜牧业和森林工业。中亚地区更多的是畜牧业,而在东盟、东南亚地区则是橡胶。

背景资料:飞地是一种特殊的人文地理现象,指隶属于某一行政区管辖但不与本区毗连的土地。通俗地讲,如果某一行政主体拥有一块飞地,那么它无法取道自己的行政区域到达该地,只能"飞"过其他行政主体的属地,才能到达自己的飞地。一般把本国境内包含的外国领土称为内飞地(Enclave),外国境内的本国领土称为外飞地(Exclave)。飞地的概念产生于中世纪,飞地的术语第一次出现于 1526 年签订的马德里条约的文件上。

关键词 6:自由贸易区建设时间轴

丝路"一带一路"大自由贸易区(以下简称 SRT)建设,课题组提出三步走战略,起步阶段:中韩、中日韩、东盟、中亚、海合会、中东

欧；扩展阶段：南亚、中国欧盟 SRT；完善阶段：SRT 带动的全球经济一体化。

从未来的角度看，中国和美国，或者是美洲迟早会进行更大的自由贸易区建设。从中国的未来角度讲，以丝绸之路自由贸易区作为很重要的签约点，总体推动中国 WTO2.0 升级版，中国不再是参与者，而是相对的主导者，这才是重要的抓手，才有利于中国梦实现和中国的崛起。

[精彩发言]

易鹏　盘古智库学术委员

借助 SRT，广泛开展中国—中亚畜牧业飞地自由贸易区建设，就是优势互补，中国在中亚五国条件成熟的地方选定地点，投资重点可选择种植业和畜牧业两个领域。采取在中亚五国"建立农业和畜牧业自由贸易区"，到中亚国家投资农产品，建立海外畜牧业自由贸易区飞地生产基地和贸易基地，满足中亚五国农产品不足和中国短缺畜牧产品需求。

管清友　盘古智库学术委员

"一带一路"如何落地？盘古智库在很早设立了课题进行专门研究，课题组成员亲身参与了很多中央和地方推动"一带一路"过程中的实际决策。目前对于"一带一路"这个概念，中央决策部门比较热，地方比较迷茫，如何从下到上做，没考虑清楚，也没找到特别好的抓手。涉及基础设施建设、通用航空领域的开放，现在地方上做不了主，所以他们只能做一点力所能及的事情，比如电影节、文学奖、论坛。

盘古智库课题组已经帮助决策部门打开思路，但在未来如何从下到上让项目落地和建设软环境，值得我们探讨。

陈秋霖　盘古智库学术委员

在丝路"一带一路"大自由贸易区建设过程中，如何创新，有几个创新是值得关注的，比如担当、经济和民生相结合、对应自然生态承载、建设顶层规范操作、定力等问题。从担当到定力，是我们需要解决的创新问题。

冯维江　盘古智库学术委员

"丝绸之路一带一路"不是既有国际模式的原版照抄，或者是把西方的东西复制过来。在"一带一路"推行和实践过程中，有很多中国的元素、传统的概念和合作的想法在里面。大自由贸易区是结合国内自由贸易园区和国外自由贸易区的概念，争取得到地方政府和民意支持。

【会场问答】

问：在SRT构建过程中，如何处理和俄罗斯、美国、欧洲这三个利益相关方的关系？

答：要找到理论自信，才能找到道路自信。

SRT建设过程中也存在大国间的博弈，中国要站在舞台上发声，就像男孩子喜欢一个女孩子，在初中的时候是暗恋，在大学的时候肯定是

要追，追不到再说。

中国要用双赢战略搭建新平台，构建新战略，在政治领域和经济合作中就要敢于亮剑。

问：陕西有没有可能在SRT天元战略中成为重要的支撑点？

答：SRT建设过程中基本原则是遵循市场规律，政府只是搭建平台，核心是靠企业和市场可持续发展。陕西定位是新起点，但是能不能成为重要支点，这要看陕西能不能通过市场改革培育更多的市场主体，遵循更多的市场规律。

问：在国际体系中，知识产权体系和金融体系很重要。在大自由贸易区建设过程中，如果我们帮助别的国家做制度建设和基础建设，把低端国家市场建立好，有没有可能为发达国家做嫁衣裳，导致本国的风险？

答：第一，SRT战略和自由贸易区概念相近，是开放促改革，开放是合作共赢的基础。第二，中国现在面临产能过剩，而且中国以前钢筋水泥模式过程中发展意义不大，北京人更期待蓝天白云而不是GDP，SRT有利于中国产能的促新，有利于不同发展阶段的互补。

问：目前物联网以及大数据技术对社会的革命正在爆发式的增长，如果技术展开过快，对战略会有怎样的冲击？

答："一带一路"中，我更看好"路"。如果"带"区域使用新技术、新思维、新商业模式，会有一定的优势。我个人认为在SRT建设、

H 型大战略、天元战略包括飞机模式推进过程中，谁与时俱进谁就能做好，关键是具有创新思维的人，还有环境，别的要素都不重要。

"一带一路": 需要避免的十大误区

文 \ 赵磊

盘古智库学术委员，中央党校国际战略研究所教授，
目前主持中央党校"一带一路与边疆稳定"重点课题

自 2013 年 11 月以来，笔者在参加"一带一路"相关学术会议以及在接受媒体采访时，常常感到舆论围绕"一带一路"有一些认知错误不断地发酵、传染，需要注意并加以纠正。

一是慎用"桥头堡"。很多省份定位自己为"一带一路"的"桥头堡"（Bridgehead），但是桥头堡、排头兵、先锋队、主力军等类词汇是军事术语，它们的本意是防御性的，即"说什么我也不能让你进来"。这类词汇翻译成外文，不具开

放性、包容性，并且容易让人产生误解。

二是慎谈"过剩产能"。常有媒体提到，"'一带一路'建设，可以把过剩产品销售出去"。这个词汇，让一些沿线国家听了会产生反感。你不要的，别人会要吗？

三是"沿线有65个国家"的表述不准确。世界有230多个国家，只要致力于"一带一路"发展的，都是丝路国家。笔者主张用"65+"来概括丝路国家，这样看既包括美国，也包括拉美，等等。

四是"丝绸之路主要由发展中国家构成"的表述不准确。丝绸之路经济带的核心区域是中国西北五省以及中亚五国，21世纪海上丝绸之路的核心区域是中国东南、西南省份以及东盟十国，但它们的两端一头连着繁荣的东亚经济圈，另一头系着发达的欧洲经济圈。因此，发达国家也是"一带一路"的重要成员。

五是"资源、能源合作"不是"一带一路"的唯一主题。有一些人认为，"一带一路"就是要保障中国的资源、能源供给，确保稀缺性资源的战略安全。的确，丝路沿线国家大都有丰富的资源和能源储备，如黑金（石油、煤炭）、蓝金（天然气）等，但是这些国家不喜欢"一谈生意就是资源、能源"，它们不希望成为"骑士的马"。

六是有为才有位，不用忙着定位。很多省份在忙着争抢历史上谁是丝绸之路的真正起点，有的叫丝绸之路的新起点，有的叫丝绸之路的黄金段，有的叫丝绸之路的节点……这在全球化、互联网经济时代的意义是有限的，关键不是叫什么，而是要有内容、有亮点、有突破，即在今天本省有哪些"错位竞争、不可替代"的丝路优势。

七是中国向丝路国家卖什么。有很多省份一想到丝绸之路，还在丝绸、茶业、陶瓷等"老三样"上做文章，但这是历史上中国的主打产品。当今，我们要卖什么？这需要了解合作伙伴需要什么：对方需要什么我们就卖什么，要多卖必需品、少卖奢侈品，既是卖产品，也是卖价值、卖文化，通过消费中国产品上升到对中国的欣赏和认同。

八是丝路战略既要顶层设计、更要基层创新。在调研过程中，很多地方干部最后的总结往往惊人的相似：希望中央重视我们，给予特殊政策。但北京的专家再聪明，他们不一定比地方干部更了解地方。所以不能等，要有基层创新，要先做起来。

九是"一带一路"不能自娱自乐，要了解每个丝路国家。中国人往往把22个阿拉伯国家看作一个整体、把5个中亚国家看作一个整体、把54个非洲国家看作一个整体……据此制定整齐划一的政策。但"一带一路"要真正具有生命力，我们就要真正去了解每个国家、每个群体对中国的期望、对我们的需求。

十是"一带一路"没有时间终点，但有时间节点。要适时推动"一带一路"落地，特别是要在智力支持上下功夫。建议整合全国人才资源在南方省份建立海上丝路研究院，在西北省份建立陆上丝路研究院，同时配套建立智库产业园区。同时，要积极发挥企业特别是民营企业的积极性。

西欧板块是"一带一路"的突破口

——对外走出去内在转型同步

文\赵磊

盘古智库学术委员，中央党校国际战略研究所教授
目前主持中央党校"一带一路与边疆稳定"重点课题

"一带一路"除了经济利益之外，在文明层面，它正在弥补中欧之间的认知鸿沟。在中国人眼中，西欧不再是古老僵化的"城堡"；在西欧人眼中，中国是不再刻板古老的"城墙"。世界中心也许会逐渐由以"美—大西洋—欧洲"为核心的"基督教文明圈"开始转向以"中—欧亚腹地—西欧"为

核心的"多元文明圈"。就"一带一路"的落地而言，西欧板块值得期待。

亚投行的成立使西欧国家成为"一带一路"最重要的朋友圈，可以看出西欧国家高度重视中国市场、高度重视"一带一路"机遇，但目前存在的问题是：西欧国家不知道如何对接中国的"一带一路"；中国的城市和企业不知道如何开拓"西欧板块"。对此，既要去弥补认知差异，也要去弥补需求差异。就需求而言，中国城市和企业要首先明白的问题是：中国向西欧卖什么，中国向西欧买什么。对西欧国家来说，也要思考同样的问题，什么样的西欧对中国有吸引力。当然，西欧国家不是一个整体，各有各的竞争优势和利益需求，中国要做到游刃有余，必须先知己知彼。

"优势产能高度同质"的法国

法国是西欧面积最大的国家，55万平方千米（相当于新疆三分之一的面积大小），约为欧盟面积的五分之一。法国的优势产业如民用核能、高速铁路、航空与航天等。当今，核电以及高铁是中国企业率先"走出去"的"优势产能"，但是这两块"金字招牌"也是法国经济赖以安身立命的根本，毋庸讳言，中法之间存在同质化竞争关系。

对法国而言，"法国制造"有两个层次，一是以幻影战机、高速列车以及核电站等为代表的高科技产品，二是以香水、名包等为代表的文化创意与时尚产品。在第一层面，高调"走出去"的中国高铁与核电无

疑对法国形成了相当大的竞争压力。

但是，"丝路经济"的本质不仅仅是竞争，她更强调资源整合基础上的包容共进。以法国高铁为例，需要中国"鲶鱼"激发活力。法国高速列车（以下简称 TGV），是由阿尔斯通公司和法国国家铁路公司设计建造并由后者负责运营的高速铁路系统。1981 年，巴黎 - 里昂高铁专线投入使用。这是继日本新干线之后，人类历史上第二个投入运营的高铁线路。

由于在欧洲运营最早，法国高铁的多项标准一度成为欧洲高铁技术的基础，法国高铁至今仍是列车行驶最快速度的保持者，法国成为有欧洲高铁话语权的国家。例如，法国和英国之间的"欧洲之星"等列车无不是法国出产。因此，TGV 一直以"法兰西骄傲"著称于世。

但是，在日益竞争的全球高铁格局中，法国高铁昔日独领风骚的局面一去不复返。一方面，除传统竞争对手如德国、日本外，韩国、西班牙、意大利等新兴力量日逐强大。另一方面，2008 年全球金融危机之后，价格已取代速度成为吸引消费者的关键因素，法国高铁的乘客日渐稀疏。

因此，中国高铁同法国高铁合作具有战略意义，首先法国高铁不仅是中国高铁的老师，也是欧洲其他新兴高铁市场的老师，中国有很多技术来自法国；另一方面法国更了解欧洲市场，中国需要借助法国的人才与经验去开拓欧洲市场。在这方面，中国的高铁市场要对法国开放，法国的高铁市场要对中国开放（法国高铁通车里程目前为 2000 多千米，未来要把高铁里程扩展到 5000 千米，这对中国企业来说是"上台阶"、"进主流"的好机会）。预计，会有更多的中国企业出现在法国以及西欧

国家的高铁、码头、港口、机场、核电等基础设施领域。中欧企业也会一起合作共同走进非洲、拉美，甚至美国市场。

文化产业是法国的另一大优势，是也中国的"硬需求"。法国是全球第一大旅游目的地国，是世界文化创意与时尚之都。法国被称为"优雅的霸权"，即法国的文化实力是法国最强大的、可持续的动力。中国各地市都非常重视发展文化产业，但目前的起点很低，还基本停留在"卖门票"的阶段。因此，除高铁、核电外，中法两国可以在文化创意产业、旅游服务业等领域开展深层次合作。建议，两国在丝路节点城市建立"中法文化产业园区"，孵化与文化产业相关的各类企业，提升中国企业以及城市的文化品味与艺术气质，让丝路城市带有浓浓的"香水味"。

"重商主义"与"人文主义"并重的英国

24万平方千米的英国（相当于中国广西省的面积大小），兼具"重商主义"与"人文主义"的双重性格。"重商主义"来自英国略显被动的地缘条件，缺乏资源必须灵活务实地寻找经济上的合作伙伴。"人文主义"来自英国"推崇渐进主义的民族性格"，不轻易破坏什么，而要重视传承。所以，英国至今没有"国庆节"（National Day），但英国在文学领域有莎士比亚、在科学领域有牛顿、在经济学领域有亚当·斯密、在自然科学领域有达尔文……，威斯特·敏斯特大教堂、海德公园等景点成为英国"人文主义"的标识。

英国重视中国不是背弃美国，而是"重商主义"基因使然。英国需

要中国的投资去"更新"老旧的"世界工厂"和基础设施,华为、中兴等中国企业在英国更受欢迎。笔者曾在伦敦与英国政府政策内阁部长奥利弗·莱特文交流,他曾是牛津大学教授,他直率地表露:英国希望中国各类企业加大对英投资,以升级英国制造业水平,从而将产品出口到中国。可见,全球进入新一轮的经济增长周期,中国既是投资的需求国,也是投资的被需求国。

英国加入亚投行,有巩固其国际金融优势的考量。英国是第一个和中国签订双边本币互换协议的七国集团成员国。目前在中国之外的人民币支付有 62% 在伦敦进行。伦敦是全球最大外汇及债券交易中心和欧洲金融中心,而且是主要面向亚洲市场的汇丰银行及渣打银行的总部所在地,这让伦敦在争取成为欧洲主要人民币离岸交易中心方面具有多重优势。"一带一路"有五通建设,其中包括政策沟通、道路联通、贸易畅通、货币流通、民心相通,而以货币流通为核心的金融支持是重中之重。英国显然意识到,在中国人眼中,英国是有"金融魅力"的;英国人自身也充满了自信,认为世界的四大金融中心,有三大是与英国有关的,即伦敦、新加坡、香港。在目前的城市定位中,陕西等很多省份提出要打造金融中心,据此中国城市的确要利用英国的金融优势以"借船出海""借力发力"。预计,陕西、上海等省份会主动加强同英国的合作与交流,既包括金融信息发布、金融人才培养,也包括"丝路金融"标准的打造等。

"人文主义""绅士风度"等吸引着中国留学生远赴英伦。今天,英国大学对中国留学生的依赖程度不断越高。目前,英国大学本科学费不

断上涨，来自欧盟其他国家的留学生人数显著减少，而中国学生日益激增的出国需求也能够弥补这个空缺。2014 年，中英签署了一系列新协议，其中包括旨在未来 3 年加强中英教育合作的框架协议等。目前，中英教育合作有很多成功的典范，如西安交通大学和英国利物浦大学合作在苏州创立的西交利物浦大学，以及英国诺丁汉大学与浙江万里学院合作创办的宁波诺丁汉大学等。在中国，很多社会精英都知道英国的"志奋领"留学项目，笔者 2010 年也参加了英国"志奋领"高级奖学金项目，期间英国主办方还主动安排大家赴比利时、科索沃等国家和地区实地走访，英方的细致与高效给大家留下了深刻印象。去年一年，笔者先后去诺丁汉大学和牛津大学，充分感受到中英教育合作的广阔前景。牛津大学的副校长对笔者说，英国教育的宗旨是培育社会的精英意识，即批评性思维、独立性思考、跨学科知识、国际化视野、高度的社会责任。上述精英意识也是中国社会的稀缺资源，中英人文合作前景广阔。

中英两国要加强"一带一路"的媒体合作。传媒业在英国相当发达，英国是有传媒话语权的国家，中国有正在崛起的传媒市场。媒体合作的内容可以包括，联合开展问卷调查，了解受众对"一带一路"的关注倾向；联合拍摄纪录片，展现真实的"一带一路"面貌；加强传媒理念与产业沟通，联合培养传媒类人才；全面加强报纸、杂志、书籍、电视、广播以及各种音像制品等传媒领域的双边合作。笔者在英国访问期间，常常去英国的书店看有没有与中国相关的书籍，很遗憾，在书架上与中国相关的书籍少得可怜，而且主题常常是"神秘"、"异类"的中国，这样的片面知识难以铺设平坦的合作道路。总之，传媒影响力属于文化软

实力范畴，理应成为中英两国丝路合作的焦点。

得意"制造业"的德意

有人认为，"欧洲只有两个国家是以制造业为基础的，一个是德国，另一个是意大利。"德国是当今世界第四、欧洲第一经济大国。在欧债危机背景下，德国经济表现相当耀眼，被称为欧洲危机的"中流砥柱"。"德国制造"是德国的金字招牌，代表着品质与卓越。德机械设备制造业是典型的出口导向型产业，是世界第一大机械设备出口国，75%的机械设备产品销往国外。在机械设备业 32 个产品领域中，德国产品在 16 个领域为世界出口第一。汽车、机械制造、化工医药和电子电气是德传统四大支柱产业。

德国企业成功的秘诀，是高度重视研发，不断提高核心竞争力。目前，中国企业的短板是：渐进性创新不少，但突破性创新不够。"德国制造"对中国的启示是：丝绸之路要有产品可卖，就要做真正有品质、有品牌的产品。为什么中国作为一个制造业大国，国人却要跑到日本去买马桶盖，一则我们的很多产品缺乏品质，假冒伪劣产品太多；二来我们的产品没有品牌，没有在消费者心目中建立忠诚感和美誉度。就中国企业而言，不仅要"走出去"，更要"走进去"，要赢得国际社会对中国企业的尊重与信赖。"世界一流企业"不仅要"做大，做强"，更要"基业长青"，要做经得起时间考验的伟大公司。德国奔驰诞生于 1886 年，他的宣传语是"我们不需要去编造一个动听的故事，自从 1886 年我们就

书写了历史"（We do not need to invent a good story – we write history since 1886）。可见"百年老店"的最大财富是时间积淀和信任积聚。因此，致力于"一带一路"的中国企业要有品牌意识，要做有文化的中国企业，要做有社会责任的中国企业。以城市为例，广东阳江是中国"刀剪之乡"，但在广东之外，很多有人知道这个"美誉"。因此，对阳江而言，"一带一路"建设的核心是升级传统优势产业，要主动同德国进行刀剪产业合作，要打造中国版的双立人。总之，中国的丝路城市要学习德国做精致资源，而不是"大开大合"。

意大利有"中小企业王国"的殊荣，致力于发展中小企业的中国丝路城市要主动对接意大利。食品、服装、家具是意大利的传统优势产业，俗称"3F 产业"。意大利中小企业在国民经济和解决就业方面都发挥着重要作用，中小企业吸纳了全国近 82% 的员工。目前，意大利中小企业发展面临难题。一方面，意大利政府外债缠身，没有足够的资金支持中小企业；另一方面，意大利人思想相对保守，骨子里有小富即安的思想，缺少创新的主动性。所以，意大利企业的优势不断被外国企业所蚕食。为此，意大利需要开拓中国市场，中国市场也要积极对接意大利。预计，会有更多的中国中小企业家前去意大利"拜师取经"，意大利也不会放弃这个"有前途"的学生。从某种程度来说，中小企业是一国经济健康状况的晴雨表，也是丝路经济活跃的晴雨表。

思考与建议

"一带一路"注定成为 2015 年世界经济的关键词，在国际社会"热议"的同时也要保持"冷思考"。

第一，不要误读中欧关系。在经济上"亲近"中国，并不意味着西欧国家在战略与安全上"背弃"美国。在经贸上充分合作，并不意味着西欧国家在人权与价值观上，西欧国家会降低审视或"刁难"中国的标准。西欧国家在人权问题、达赖以及西藏等问题上的负面干预仍将会成为影响中欧合作的破坏性力量。

第二，要摒弃"一带一路"的宿命论。"一带一路"既不应被过度政治化，也不易对其贴上"宿命论"的标签，如"'一带一路'是国际关系史上最大的烂尾工程"、"'一带一路'是新版朝贡体系"等。"一带一路"是进行时，成败与否关键看大家怎么做，当大家汇聚智慧、聚精会神重视"一带一路"的时候，她已经成功了一半，成功的另一半是"逐步落地、惠及民众"。当然，中国是"一带一路"成败的关键力量，要首先想清楚建设"一带一路"的具体目标是，如果目标不明，率先走出去的中国企业先锋会一个个倒下，变成中国企业先烈。在笔者看来，"一带一路"不是去"吸血"，而是要"输血"和"造血"，使中国真正成为一个可持续发展的、赢得尊重的国家。

第三，落实推动是关键。对中国政府而言，要尽早把"一带一路"相关国家和地区的各类信息进行系统整理，动态性地提供给中国城市和

企业；同时，要把国内致力于"一带一路"的城市和企业的竞争优势和现实需求提供给国外相关国家和跨国企业，让彼此都知道发力点在哪里，一是尽量不留盲区，二是加强不同主体间的协同合作。对外国政府而言，要创造条件和提供便利，组织企业到中国去参加展会或办展，动态性地进行丝路经济的信息发布，寻找满足需求的对口企业。

第四，组建"一带一路"对口城市。对口城市一方面开展大型的产品推介会或者是推动企业进行一对一的谈判与合作。另一方面，对口城市要加强人文交流，既包括企业、政府，也包括智库、学者，要先有人气，以思路的活跃推动丝路的活力。当今，欧洲最缺乏的是活力与创新，中国最缺乏的是国际化的人才与经验，两者资源的高异质性也展现出战略合作的高互补性。

第五，加强中欧"一带一路"协调机制建设。最近，中国政府"一带一路"领导小组名单首次公布，其人员构成表明中国的"一带一路"建设包括经济、政策、民族、外交等多重领域；中国政府会加强力度推动双边和多边项目尽早落地。为此，可在中英或中欧等双边或多边框架下建立丝路协调机制，以期取得早期成果；要尽早建立中欧丝路合作的"样板工程"，以发挥可复制、可推广的带动作用和示范效应。

总之，丝路魅力的基础是中国潜力。今天，广大的中国民众还没有过上自身所期望的"幸福生活"，所以中国依然有巨大的劳动力市场和消费需求。换句话说为了"幸福"，中国人依然会加倍努力、会积极消费。结构转型会激发中国国内市场的新机遇，丝路建设会提升中国对外开放的新层次，中欧合作对任何一方而言都是利大于弊。

2015 年大变局！中国式新供给主义与第四次投资浪潮

文 \ 管清友

盘古智库学术委员，民生证券研究员执行院长

一、中国式新供给主义：摒弃需求紧缩，加快供给改革

若干年后我们回顾 2015 年的时候，最重要的可能不是资本市场的绝地反弹，而是宏观政策在不断试错之后的一次重大转型。党的十八大以来，中央一直在创新宏观管理的道路上不断试错，到目前为止经历了三个阶段：

第一阶段是从党十八大到 2013 年年中，这个阶段中央还是延续了凯恩斯主义的思路，政策重心还是放在需求扩张上，大家有印象的话当时最火的话题是城镇化。

第二阶段是从 2013 年年中到 2014 年初，这个阶段中央宏观管理思路发生重大变化，开始在需求端采取相对偏紧的态度，比如加大反腐力度，挤出消费水分，打击虚假贸易，挤出出口水分。这个思路的初衷是想摒弃前期大规模刺激带来的结构扭曲，以此倒逼供给端的结构性改革。

我们当时曾在报告中提示过，宏观管理已经从西医疗法转向中医疗法，面对经济下行不再急于打抗生素、吃止疼药，而是休养生息、强身健体，从根本上铲除病患。这有点类似美国在 20 世纪 70 年代"滞胀"之后推行的供给主义思路，我们可以将其看作中国式供给主义的第一次尝试。

但出乎意料的是，政府换届带来的政策空挡，叠加 QE（量化宽松）退出带来的外部环境动荡，让这种中医思路在执行过程中对经济产生的紧缩影响远远超出了预期，标志性的事件就是 2013 年年中和年末的两次"钱荒"。

鉴于第一次尝试的效果并不理想，第三个阶段从 2014 年初开始，中央的思路开始进行调整，首先是在需求端采取更加积极的调控政策。标志性的事件是央行在 2014 年 1 月通过常设借贷便利（SLF）锁定利率上限，随后央行又在 4 月份启动定向降准和抵押补充贷款（PSL），这种定向的货币宽松在二季度取得一定效果，经济增长也短暂企稳。但到了下半年，在房地产的拖累之下，经济再度下行，中央随之进一步调整思路，

不再拘泥于定向的思路，而动用了所谓的全面宽松工具：降息和降准。

表面上看，中央在这个阶段已经放弃了需求紧缩，开始进行中国式供给主义的第二次尝试，即"需求端宽松 + 供给端结构改革"的政策搭配。但实际上，由于主客观环境的影响，需求端并没有看上去那么宽松，甚至还是偏紧。

从货币政策来看，大家都在批评央行放水，但实际上央行还是偏"稳健"。货币的松紧关键要看利率，从 2014 年降息到 2015 年中，尽管实体的贷款利率有所下行，但银行间的利率不降反升，就连春节后都没有出现传统的季节性宽松。而面对这种情况，央行的操作也并不积极，央行虽然下调了逆回购利率，但还是连续四周净回笼，这种有"价"无"量"的操作导致银行间的短端利率一直下不去，这直接制约了长端利率的下行以及银行配置实体资产的意愿，也制约了实体融资成本的下行。

从财政政策来看，积极的财政政策其实一点都不积极。横向来看，中国的预算内赤字率一直比较保守，而近两年的一些客观原因也进一步制约了财政的步伐。

一是地方政府官员从过去的"乱作为"变成了"不作为"。

二是财税改革的推进导致地方政府的公共支出有些力不从心，尤其是国务院发布的 2014 年 43 号文相当于给地方政府戴上了债务的紧箍咒。

三是房地产下行导致土地财政大幅受限，地方政府失去了最重要的收入来源，政府性基金增速大幅放缓。

这些因素交织在一起，导致 2014 年以来预算内和预算外的公共支出几乎大幅下滑，一定程度上造成了中国式的"财政悬崖"。

所谓的积极财政和稳健货币在实际执行中似乎变成了财政货币双紧，这似乎并不符合当前经济转型升级的要求，一方面，偏紧的政策加剧了传统产业的下行压力，可能会造成系统性的金融风险，另一方面，新兴产业的生长空间也可能在偏紧的政策之下受到挤压。

所以，我们预计中央可能会在宏观管理的思路上有所调整，着力走出财政货币双紧的困境，2015 年可能就是具有转折点意义的一年，而这一次转折的核心抓手就是"一带一路"战略的实施，这不仅会改变中国的宏观政策取向，而且可能改变整个中国经济运行的逻辑。"一带一路"不是一个简单的区域规划，而是新中国成立以来最重要的一个国家战略，没有之一。

二、"一带一路"战略可能掀起国内第四次投资浪潮

历史上看，任何一个新兴大国在经过起飞的初期都是依靠投资和出口，而经过高速的投资和出口增长之后，当外部环境发生变化、经济增长点青黄不接的时候，都容易陷入产能严重过剩的困境。这个阶段往往需要政府政策思路的大胆突破和转型。美国在二战之后的马歇尔计划，日本 20 世纪 70 年代的列岛改造计划，都是如此。这两个计划对美国和日本经济带来了深远影响。如今，习近平总书记提出的"一带一路"大战略也可能成为中国经济的重大转折点。

从国际层面看，这是中国在新常态之下对国家资产负债表的改造计划，也是中国在国际舞台上重构亚洲乃至全球秩序的一次战略尝试。过

去中国的开放是以贸易为中心的、被动的单向开放，未来中国的开放将是以投资为中心的、主动的双向开放，既要引进来，又要走出去。

中国在连续三十多年的高速增长之后，不仅积累了巨额的国内财富，同时也积累了大量的海外财富。截至2014年，中国已拥有6.3万亿美元海外资产，净资产达到1.8万亿美元，是仅次于日本的全球第二大海外净资产国。但遗憾的是，中国如此庞大的海外净资产却一直伴随着"负收益"，这主要源自对外资产和负债结构的不匹配，即我们的对外资产60%以上是央行手中低收益的外汇储备，对外负债则有接近60%是高成本的外商直接投资，两者的收益差导致我们在手握巨额净资产的同时却要向别人支付投资收益。从宏观上讲，这实际上是通过牺牲国民生产总值（以下简称GNP）来换取国内生产总值（以下简称GDP），并不符合国民福利最大化的原则。

扭转这种困境的关键在重构国家的资产负债表，即加快非央行部门的对外直接投资，优化对外资产结构，提高对外资产的战略收益。过去央行集中管理外汇资产的结果是大量配置美债等资产，这种资产不仅经济收益低，而且在一定程度上为美国和美元做了嫁衣，妨碍了人民币的国际化，不符合中国的政治利益。现在通过"一带一路"等国际战略的实施，推动国内企业赴海外投资，既能推动国家对外资产的多元化，又能拓展中国的海外存在，推动战略外交，一举两得。

中国国家资产负债表的重构还将深刻的改变国际金融版图，未来中国主导的亚投行将大有作为，打破美国主导的世界银行、IMF和日本主导的亚洲开发银行对国际金融版图的垄断。

历史上，日本和美国在这个阶段同样都积累了大量的外汇储备，而当国家需要通过对外产能输出化解产能过剩时，外汇储备恰好可以用于为国内企业的海外拓展提供融资支持，最好的方式就是建立多边金融机构。美国主导建立了世界银行，日本主导建立了亚洲开发银行，这一方面可以支持本国的海外投资，另一方面也让两国在国际舞台上掌握了更大的话语权，这正是目前中国最为需要也最为欠缺的，而亚投行的出现将彻底改变这一窘境。英国、德国、法国、意大利等美国的西方盟友已经先后宣布加入亚投行，韩国、澳大利亚也基本确定加入，由美日垄断的国际金融版图开始悄然瓦解，这或许意味着一个金融多极化的新时代。

从国内层面看，"一带一路"可能点燃继 1992 年南方讲话、21 世纪初进入世贸组织和 2009 年 4 万亿元之后的第四次投资热潮。改革开放以来，中国经历了三次投资热潮。

第一次是 1993 年，1992 年邓小平南方讲话之后，1994 年分税制改革之前，各地掀起市场经济的第一波投资热潮，当年全社会固定资产投资增速达到创纪录的 62%。

第二次是 2003 年，亚洲金融危机之后的产能收缩告一段落，在 2001 年入世的制度红利和人口红利叠加的影响之下，房地产和制造业投资迎来黄金增长期，推动全社会固定资产投资连续三年保持 25% 以上的高增长，直到金融危机爆发。

第三次是 2009 年，面对全球金融危机带来的巨大压力，中央果断推出 4 万亿元的一揽子刺激计划，当年固定资产投资增速达到 30%，拉动中国经济迅速触底回升。在那之后，投资便在产能过剩的压力之下持续

回落。全社会的固定资产投资增速从 20% 以上大幅滑落至 15%，创 2001年以来的新低。

不过，随着"一带一路"战略进入落实阶段，投资低迷的趋势可能出现逆转，中国经济的第四次投资热潮可能即将拉开序幕。

从纯经济角度看，相关项目建设将直接或间接的拉动投资和经济增长。我们根据公开新闻收集的信息统计，各地方"一带一路"拟建、在建基础设施规模已经达到 1.04 万亿元，跨国投资规模约 524 亿美元，考虑到一般基础设施的建设周期一般为 2 到 4 年，2015 年国内"一带一路"投资金额或在 3000 亿元～4000 亿元左右；而海外项目（合计 524 亿美元，每年约 170 亿美元）基建投资中，假设 1/3 在国内，2015 年由"一带一路"拉动的投资规模或在 4000 亿元左右。考虑到基建乘数和 GDP平减指数的影响，我们预计将拉动 GDP 增速 0.2%～0.3%。

更重要的是，从政治角度看，"一带一路"可能重新改变地方政府的行为模式。就像一颗炸弹扔进炸药库，它不单是一颗炸弹，更是一个导火索，新一轮的地方政府投资冲动可能随之引爆。各地方政府都已经认识到，"一带一路"是习近平总书记亲自推动的最重要的国家战略，没有之一。从 2015 年地方"两会"透露的信息来看，各地都在争先恐后的上项目，对接"一带一路"战略，希望把自己打造成"一带一路"的关键节点。这可能使地方政府被压抑的投资冲动重新爆发。从这个角度说，如果只把"一带一路"看成一个产能输出的中国式马歇尔计划，恐怕是严重低估了其影响。

总的来看，在经过不断的尝试之后，中央宏观管理的思路可能在

2015 年出现重大转折，从紧缩需求倒逼结构性改革的思路逐渐转向需求扩张配合供给改革的思路，而"一带一路"就是这种转变过程中最重要的催化剂。

三、资本过剩时代：牛欲静而风不止

对投资者来说，当中央加快摒弃紧缩式供给主义思路的时候，市场也在加速进入一个资本过剩的时代。在这个时代里，市场缺的不是钱，而是优质的标的资产。只要有相对高收益或者说被低估的资产，都会被过剩的资本疯狂围剿。从房地产到非标，从高收益债到 A 股，再到今天的新三板，每一次资本对资产的追逐都是如此。如果说风来了猪都会飞，那么当前的股市无疑已经站上了风口。

第一个风口来自存量财富的资产重配。改革开放以来，中国经济保持了年均 9% 以上的高速增长，翻看二战后的全球经济史，经济增速超过 7%、持续增长超过 25 年的只有 13 个经济体，而这些经济体在高增长的第四个十年无一例外的下滑到 7% 以下。GDP 的本质是财富的流量，中国史无前例的 GDP 高增长也带来了存量财富的快速积累。截至 2014 年，一般性存款余额达 110 万亿元，近 20 年的年复合增长率高达 18%，其中居民储蓄存款为 50 万亿。此外，伴随着利率市场化加速，理财产品野蛮生长分流了部分一般性存款，2014 年年中，理财产品规模约为 13 万亿元，每年约 2 万亿元~3 万亿元的净增量。而相对于经济的超高速增长，中国的金融体系发展相对滞后，居民的财富配置也一直缺乏多元化的渠

道。

20 世纪 90 年代之前，大多数的财富都以银行存款的形式存在，存款成为第一代居民财富的标志。而随着 20 世纪 90 年代末住房制度改革的推进，居民财富又大规模涌向了房地产市场，房产成为第二代居民财富的标志。如今，随着利率市场化对存款的加速分流以及人口老龄化给房地产带来的下行压力，过去沉淀于房地产等传统产业的居民财富可能大规模的向资本市场转移，而相对低估的 A 股可能成为第三代居民财富的主要配置方向。

第二个风口来自央行货币宽松带来的增量资金。在从国际环境看，全球央行宽松大潮愈演愈烈，货币宽松可缓释实际有效汇率压力。从国内环境看，在大的渐进去产能周期中，货币宽松可防范金融风险。从转型角度看，在企业债务率高企实体融资难的当下，通过提高直接融资占比，打开注册制和国企整体上市的空间，对促转型大有裨益，只要不出现"疯牛"行情，货币政策会保持宽松支持股市。

第三个风口来自金融体系无处可去的配置资金。银行由于表外严监管和风险偏好收缩，失去了对非标和同业创新的兴趣，沉寂了大量的基础货币和理财资金用不到实体。在此背景下，恰逢存量财富资产重配，券商将已有的融资融券资产向银行抵押融资，银行也积极沉积的流动性和理财资金投入伞形信托入市。

具体来说，入市的主要途径有两种。一种是直接通过券商两融撬动，另一种是银行理财资金做优先级通过伞形信托或券商资管计划加杠杆入市。后者并无本质区别，只是资金承接方由过去的开发商、地方政府转

为股市。从数据上看，投向股票市场信托余额增长 2500 亿元，2013 年仅为 400 亿元，而基建类信托由过去万亿元规模的野蛮生长显著放缓至 1700 亿元。巨大规模存量财富资产重配再叠加杠杆的煽风点火，股市屡创新高且成交量破万亿元也就不足为奇。

展望未来，假定未来一般性存款 10%的增长，2020 年居民储蓄存款有望达到百万亿规模。随着利率市场化推进，假定理财对居民储蓄占比 50%，其中债券类资产占 60%、随着刚性兑付打破，股权和非标由过去 5%和 35%的比例到各按 20%分配。在不考虑杠杆效应下，未来至少有 10 万亿元增量资金入市。

我们可以大胆的预测，如果说过去是一个实体造富的房产时代，那么现在中国已经进入金融造富的股权时代。

丝路基金起航

文\冯维江

盘古智库学术委员，中国社会科学院
世经所国际政治经济学研究室主任

〔**导读**〕

为"一带一路"战略"保驾护航"的有三大机构——丝路基金、亚洲基础设施投资银行、金砖国家开发银行。三个机构中，丝路基金最快成立并启航。接下来，这个基金将如何运作？本文系盘古智库学术委员，中国社科院世经所国际政治经济学研究室主任冯维江就丝路基金问题接受《南方周末》记者的采访。

丝路"梦之队"

钱从哪儿出，人就从哪儿出，"投资方＋相关部委"的14名高管团队配置，组成了丝路基金"梦之队"。

在2015年中华人民共和国全国人民代表大会和中国人民政治协商会议（以下简称"两会"）上，丝路基金有限公司（下称丝路基金）作为支撑"一带一路"战略的金融机构的亮相，备受瞩目。

2015年3月12日，第十二届全国人大三次会议记者会上，央行行长周小川携成立仅3个多月的丝路基金董事长金琦高调登场，阐释了丝路基金的投资原则、角色功能等问题。

丝路基金从宣布成立到正式运营仅用了短短两个月。2014年11月8日，国家主席习近平宣布丝路基金成立。12月29日，丝路基金正式在北京注册，并于2015年1月6日运营。

2013年9月和10月，习近平总书记分别提出打造"丝绸之路经济带"和"21世纪海上丝绸之路"的倡议，随即"一带一路"成为国家战略，在刚刚结束的"两会"上，更是位于三大国家战略之首。

为"一带一路"战略"保驾护航"的有三大机构——丝路基金、亚洲基础设施投资银行、金砖国家开发银行。三个机构中，丝路基金最快成立并起航。

丝路基金办公地址位于北京金融街英蓝国际金融中心，目前主要工作人员已经到位。《南方周末》记者了解到，丝路基金目前并未运行项

目，仍处在多方考察阶段。

作为单边金融机构，丝路基金完全由中国出资，初期设计规模为400亿美元，上不封顶，可视投资效果和需求再增资。首期100亿美元资本金，来源于中国外汇储备以及中国进出口银行、中国投资有限责任公司、国家开发银行。其中，外储出资65亿美元，进出口银行、中投公司各出资15亿美元，国开行出资5亿美元。

其高管团队已组建完毕，由央行前行长助理金琦掌舵，任法定代表人兼董事长，王燕之任总经理兼董事。金琦，曾在央行国际司、新华社香港分社、国际货币基金组织工作过；王燕之此前任国家外汇管理局外汇储备委托贷款办公室主任，曾担任外管局委贷办主任、央行反洗钱监测分析中心主任。

此外，丝路基金还配备8位董事、4位监事。其中4位董事成员樊海斌、张勍、袁兴永、刘薇，分别来自于国开行、中投、进出口银行、国家外汇管理局，剩余4位董事则分别来自于财政部、发改委、商务部和外交部。

"投资方＋相关部委"的14名高管团队配置，组成了丝路基金"梦之队"。从人员配置即可看出，与过去成立的其他国际性基金相比，规格都要高出一级。中国人民大学重阳研究院合作研究部主任刘英说："钱从哪儿出，人就从哪儿出。"

民生银行研究院院长黄剑辉认为，如此人事结构安排，具有中国特色，也体现了该基金是由国家成立，并支持"一带一路"建设的投资基金，并非纯粹市场化运作的基金。

据亚洲开发银行测算，"一带一路"沿线国家基础设施建设资金需求量巨大。即便算上世界银行、亚洲开发银行、各国政府和企业、亚投行、丝路基金，资金缺口每年仍达 5000 多亿美元。

作为一种新型投资模式，丝路基金受到不少国家欢迎。对于一些"重债穷国"来说，因为主权评级低、贷款成本高，过去采用的主权融资模式已难以为继，而这种股权融资配合债权、贷款等模式的新型融资模式更为便利。刘英说："比如波兰，他们就特别希望中国过去帮他们建设物流、修建铁路，也不希望政府借钱，他们觉得丝路基金的模式比较灵活。"

"安哥拉模式升级版"

实现"借、用、管、还"一体化运作。

作为中国金融出海的新代表，和过去以进出口行和国开行成立的大大小小几十个国际性基金相比，丝路基金在项目选择和运作方式上都将有所不同。

在 2015 年 3 月 12 日召开的记者会上，金琦说，丝路基金将以中长期股权投资为主，投资于基础设施、能源开发、产业合作和金融合作，尤其要重点支持国内高端技术和优质产能的"走出去"。

丝路基金未来将首先选择哪些国家、哪些项目，目前并未有清晰的蓝图。金琦公开称，"一带一路"没有严格的地域界限，"只要有互联互通的需要，丝路基金都可以参与相关的项目"。

从中国领导人出访中可以看出,"要想富,先修路"的观念被多次推广。多位业内专家认为,丝路基金将会优先部署交通基础设施建设。此外,"一带一路"沿线国家的电力、通信等基础设施也将会逐步跟上。

具体到先投资于哪些国家,复旦大学金砖国家研究中心副教授朱杰进说,"很简单,看看去年互联互通对话会上哪些国家来了,包括老挝、蒙古等,很可能就会先投资于这些国家"。

在具体运作上,周小川在接受媒体采访时说,外界可看它为私募股权投资,但是比一般私募股权投资回收期限更长。从回报率来讲,要求不一定高。

一位长期观察海外投资的金融专家认为,丝路基金跟中投有类似的地方,可以称为"第二中投"。但是中投没有特定目标,丝路基金目的、投向更加明确,服务领域、目标比较清晰,是一个专业化的战略投资主体。

中国的海外投资经验实际并不少。过去,国开行和进出口银行曾探索过多种模式。曾在国开行研究院工作过多年的黄剑辉介绍,一种模式是把"有直接现金流的项目和没有直接现金流的项目"进行捆绑、整合,综合还款,被业内称为安哥拉模式。

2002 年,安哥拉内战结束后,中国开始向安哥拉输送技术和资金。2003 年,中国提出以能源换项目,并为其提供 45 亿美元贷款,帮助安哥拉建设基础设施。这种模式是由中国借款给外国政府修建基础设施,对方用资源抵押,或者让中石油、中石化拥有资源开采权,从而为没有现金流的基础设施贷款提供还款保证。

另一种模式是以贷款换资源，以中俄石油管线项目为代表。2008 年，中俄石油管道谈判决定，中国提供贷款支持建设中俄石油管线，建完之后，俄罗斯为中国输送约定的石油。这便是以贷款换资源。

实际上，两种模式的精髓在于以资源锁定了风险。除此之外，以国家开发银行为主的国际业务模式还有"培训先行"、系统性支持国内企业"走出去"等。

在黄剑辉看来，丝路基金以股权进行投资更具有控制力，合作方国家可以拿土地和沿线资源来入股，双方联合发起成立"基础设施发展公司"，以公司作为融资主体，同时负责基础设施建设、融资还款等，构建一个金融机构和实施主体两端连接的闭环。

这样就实现了"借、用、管、还"一体化运作。黄剑辉说："这是安哥拉模式的升级版。"

中非基金镜鉴

无论是中非基金还是丝路基金，面临的最大障碍都是如何争取当地政府的认可。

与丝路基金相似的多边政府合作基金在中国并不鲜见，而学界经常将 2007 年成立的中非发展基金（下称中非基金）和丝路基金作比较。

中非基金规模 50 亿美元，由国开行全资设立并运营，目的在于支持中国企业在非洲开展合作项目，也是国内唯一一家针对非洲的投资基金。

中非基金副总裁杨爱武曾在 1 月份透露，截至 2014 年年底，中非基

金已决定对 34 个非洲国家的 80 个项目进行投资，决策投资近 30 亿美元，实际出资近 24 亿美元。

中非基金目前运作的项目多集中于农业、电力、工业园区建设等领域，比如加纳电厂、马拉维等国的棉花种植加工项目等。

据知情人士透露，7 年过去了，中非基金原定的投资规模 50 亿美元，目前已经落实的仅一半左右，不算很顺利，无论中非基金还是丝路基金面临的最大障碍都是如何争取当地政府的认可。

在中国亚非协会理事、中国人民大学重阳金融研究院高级研究员赵昌会看来，中非发展基金（China-Africa Development Fund）是中国用于非洲的投资基金。但严格来讲，虽然冠名为"中非"，实际上非洲国家的参与度低。

这一点，或许正是冠名不当或翻译错误所致。

想当初，如果中文名称定为"中国非洲发展基金"，英语名称为China Development Fund on Africa，就完全可以避免歧义和误解。

上海国际问题研究院西亚非洲研究中心副研究员张春认为，中非基金之所以推行缓慢，更多是技术、法律和项目论证等方面的原因。

张春分析，中非基金遇到的问题是，有些非洲国家对一些项目没有相关法律规定，也没有先例，所以往往也参与不进去。

对于丝路基金如何避免重复中非基金的问题，在 2015 年 3 月 12 日的记者招待会上，金琦给出的答案是——对接。"投资首先要与各国的发展战略和规划相衔接。"这就意味着，中国将与对方政府共同决定是否建设项目，而不是一厢情愿的事情。

潜在的风险

中国周边众多国家都处在复杂的政治经济社会转型之中，未来形势潜存很大的不确定性和风险。

过去，中国海外投资一些项目以失败告终，往往是不熟悉国际规则、未对当地政治经济环境做出合理风险评估所致。丝路基金"走出去"，同样会面临国别风险、地缘政治风险、经营风险、市场风险等各类风险。刘英说："其中，最需要防范的是国别风险。"

从地区看，泰国、柬埔寨、缅甸、越南一带风险比较大。此外，中亚地区很多国家，如阿富汗、巴基斯坦，下一步政治局面难以预测，而这些国家都是"一带一路"的沿线国家。

张春说，有些国家不清楚我们要干什么，要达到什么目标，他们能从中获益与否，并担心经济上会依赖中国等。

盘古智库学术委员、中国社科院世经所国际政治经济学研究室主任冯维江认为，一般私募股权投资面临的风险，丝路基金都可能遇到。尤其是一些项目如果按照国内的"打法"，可能在其他国家就行不通，需要严格按契约办事。

除上述风险外，收益是各方都普遍关注的问题。丝路基金既要服务于国家战略，又要以商业化模式运作，这似乎存在一种天然的"矛盾"。

周小川在接受媒体采访时说，一些期限比较长的项目，初期可能拿不到回报，但到了后期，回报可能会比较稳定。

冯维江认为，控制和化解风险，一是借鉴现有国际开发机构的风控与治理机制，完善项目契约；二是与国际主要开发机构和发达国家重要私人部门合作开发，形成利益共同体；三是建立有力的跨国协商机制，保证丝路基金的项目契约能够得到执行。

在针对具体项目的风险防控方面，刘英建议，可以考虑采用特殊目的公司（Special Purpose Vehicle）等具体运作方式，做好风险隔离，并吸引更多的国际金融机构，尤其是"一带一路"具体项目所在国的金融机构来参与运作和实施。

中国不独唱，开放是关键词

—— 盘古智库实时解读习近平博鳌亚洲论坛主旨演讲

文 \ 盘古智库

〔导读〕

　　博鳌亚洲论坛 2015 年年会于 3 月 26 日—29 日在海南博鳌举行。期间，围绕"亚洲新未来：迈向命运共同体"这一年会主题，国家主席习近平做了主旨演讲。盘古智库第一时间对习近平主席的博鳌发言进行了解读。

智库交流平台需要智库更具国际化

易鹏：习主席说要打造亚洲智库交流平台，而"一带一路"将成为智库交流平台的子议题。这需要智库更具国际化，内容更广泛，经济、社会、文化、国防等都需要纳进去。

合作共赢理念将更多贯彻到"一带一路"

易鹏：习主席在发言中谈了很多合作的价值，相信合作共赢理念将更多地贯彻到"一带一路"、亚投行等多边合作机制中去。

中国不独唱，开放是关键词

易鹏：习主席谈"一带一路"，丝路基金、亚投行关键词是开放，这种开放既是透明，也是希望多方共同参与，中国不独唱，也表明希望通过合奏实现利益共享。

中国更追求经济发展质量，新常态下依旧对全球有重大贡献

易鹏：习主席谈新常态下中国更追求经济发展质量，即使进入中高速区间，依旧会对全球经济发展做出重大贡献，中国有足够的工具和韧

性确保中国经济实现可持续发展，给世界对中国经济发展前景提振信心。

习近平发言哀悼德航失事飞机充满人性关怀

易鹏：习主席在发言中提李光耀、提德航失事飞机，这是充满人性的，温暖而又具备传播性。

吴必虎（盘古智库学术委员，北京大学教授）

"一带一路"规划和亚投行的创建，在带给中国和相关国家及地区发展机遇的同时，我们更需要注意可能遇到的困难，并着手认真研究相应预案加以改善或克服。第一个困难是，亚洲从来就不是一个共同体，与欧洲不同，亚洲存在多种冲突性的文化，意识形态也具有冲突性形态。而欧洲中心主义的形成有其文化上的一致性。其二，随着"一带一路"涉及地区为核心的亚洲的兴起，必然会遭遇欧洲中心主义的抵制、抑制甚至对抗。其三，以基础设施和沿途国家的贸易促进为主要标志的"一带一路"及亚投行建设，并未解决这一地区社会、政治、科学和工业创新能力不足的问题。

孙志明（盘古智库学术委员，国际关系学院副院长）

习主席在博鳌的主旨演讲全面阐述了中国对亚洲新未来的看法和主张，对于凝聚亚洲共识、打造命运共同体具有积极的推动作用。命运共同体的基础在于相互尊重、和平共生，前途在于共同发展、合作共赢。因此，这个共同体不仅是发展共同体，也是生存共同体，亚洲各国各地区不仅要在经济领域加强合作，也应积极推动政治、安全、文化领域和

区域外的合作，为更广泛的命运共同体建设贡献亚洲智慧。同时可以看出，本届博鳌论坛已经从经济贸易议题为主的区域性论坛提升到了一个新的高度，未来的博鳌论坛将成为凝聚亚洲共识、展现亚洲智慧的高级别平台，值得期待。

周济（盘古智库助理研究员）

第一，习总书记反复强调"亚洲命运共同体"这一概念，说明中国已经准备好要成为一个负责任的区域大国，要开始积极参与国际事务。第二，中国的目标应该是一个在中国主导下的更公平更团结，互惠互利协同发展的新兴亚洲关系。这是所有亚洲国家的机会，也是世界经济的机会。第三，在这样一个清晰的原则指引下，中国有足够的实力完成这一宏伟目标。但是，在具体实行的过程中，需要更多的技术细节被落实，这一部分内容应该以更加开放的姿态欢迎国际力量和民间力量参与。

以下是整理的答问精选内容：

【首次提出"亚洲方式"】

习近平说，冷战结束后，亚洲国家在推进区域合作实践中逐步形成了相互尊重、协商一致、照顾各方舒适度的亚洲方式。这些都为正确处理国家关系、推动建立新型国际关系做出了历史性贡献。

【谈区域合作和跨区域合作】

习近平总书记说，70 年来，越来越多的亚洲国家找到适合本国国情的发展道路，从贫穷落后走向发展振兴，步入经济发展快车道。区域和跨区域合作方兴未艾，互联互通建设加速推进，呈现千帆竞发、百舸争流的强劲势头。亚洲已经拥有世界三分之一的经济总量，是当今世界最具发展活力和潜力的地区之一，在世界战略全局中的地位进一步上升。

【谈世界经济形势】

习近平总书记说，当前，世界各国正抓紧调整各自发展战略，推动变革创新，转变经济发展方式，调整经济结构，开拓新的发展空间。同时，世界经济仍处于深度调整期，低增长、低通胀、低需求同高失业、高债务、高泡沫等风险交织，主要经济体走势和政策取向继续分化，经济环境的不确定性依然突出。

【谈东亚经济共同体】

习近平总书记说，中国和东盟国家将携手建设更为紧密的中国—东盟命运共同体。东盟和中国、日本、韩国致力于 2020 年建成东亚经济共同体。

【谈中国—东盟自由贸易区谈判】

习近平总书记说，我们要积极构建亚洲自由贸易网络，争取在 2015 年完成中国—东盟自由贸易区升级谈判和区域全面经济伙伴关系协定谈判。在推进亚洲经济一体化的同时，我们要坚持开放的区域主义，协调推进包括亚太经合组织在内的跨区域合作。

【谈亚投行】

习近平总书记说，我们要积极推动亚洲基础设施投资银行同亚洲开发银行、世界银行等多边金融机构互补共进、协调发展。要加强在货币稳定、投融资、信用评级等领域务实合作，推进清迈倡议多边化机制建设，建设地区金融安全网。要推进建设亚洲能源资源合作机制，保障能源资源安全。

【谈中国经济形势】

习近平总书记用五个形容词来形容中国经济，他在演讲中指出，中国经济体量大、韧性好、潜力足、回旋空间大、政策工具多。习近平总书记说，看中国经济，不能只看增长率，中国经济体量不断增大，现在增长 7% 左右的经济增量已相当可观，聚集的动能是过去两位数的增长都达不到的。

【谈"一带一路"】

针对"一带一路"建设，习近平总书记说这不是空洞口号，目前已经有 60 多个沿线国家和国际组织对参与"一带一路"建设表达了积极态度。在各方努力下，"一带一路"建设的愿景和行动文件已经制定，一批基础设施项目已在稳步推进。

"一带一路"规划

——旅游巨变指日可待

文 \ 吴必虎

盘古智库学术委员，北京大学教授

2015 年 3 月 28 日下午，国家发改委、外交部、商务部在博鳌论坛期间如期发布了《推动共建丝绸之路经济带和海上丝绸之路的愿景与行动》。规划中许多重磅内容将极大地推动沿线国家及城市旅游业长足发展。对于中国旅游业来说，该《愿景与行动》是"牵一发而动全身""以线带面"，带来五大"利好"。

首先，基础设施联通将大幅提升旅游可达性。尤其是深处内陆的丝绸之路沿线的中国中西部地区将极大地改善交通条件，极大地促进东部主要旅游客源市场进入中西部旅游资源集中的目的地，同时也将显著提升周边国家与中国边境省份之间的边境旅游。"一带一路"沿线各省份应当积极利用新建的亚洲基础设施投资银行（以下简称亚投行）、已有的国家开发银行、亚洲开发银行等资金渠道推动基础设施建设，并积极吸引各大实力雄厚的国内外企业。

其次，"一带一路"沿线各国签署合作备忘录，简化人民往来的签证手续，将极大促进入境旅游和出境旅游。对于连年停滞不前甚至略有下降的入境旅游能起到力挽狂澜的作用。而蓬勃发展的出境旅游则将以更高的速度狂飙突进，增加更多异域风情的旅游目的地国家和旅游产品。尤其是中亚和东盟除新马泰之外的其他各国，将是中国旅行社企业、投资商和线上旅游的最新拓展方向。

第三，合作重点中专门提出打造具有丝绸之路特色的国际精品旅游线路和旅游产品，将是未来几年丝绸之路沿线地方政府和企业进行旅游策划、规划、设计、投资、建设和运营的一个重要方向。过程中急需突出特点，融合协调。目前丝绸之路各省份已然提出各自定位，各省份的旅游产品也需要差异定位，避免重复。

第四，推动 21 世纪海上丝绸之路邮轮旅游合作。海上丝绸之路涉及东部沿海各港口城市，将促进邮轮旅游、海上旅游一跃而上一个大台阶。通过简化签证手续、通关手续，甚至互惠免签，不仅吸引世界三大邮轮公司入驻开辟更多母港和停靠港航线，还将为中国政府和企业投资邮轮港设施、中国企业组建邮轮船队和航线创造一个更加光明的前景。南海海域也能够通过越来越多的中国人上岛旅游而继续宣示主权，掌握更多国际话语权。

第五，地方开放态势方面，进一步加大海南国际旅游岛开发开放力度。海南作为中国最热门的海滨度假岛，除了现有的旅游城市和旅游产品外，仍然极度欠缺度假旅游产品，与世界知名的海岛旅游目的地仍有不小差距。海南应当抓住"一带一路"的建设机遇，继续打通入岛陆海空大通道，与大陆连为一体，重点打造海洋旅游、购物旅游、主题公园旅游、养生旅游、生态旅游等旅游产品，努力恢复并提升入境市场，建设配套基础设施、服务设施和教育设施，提升旅游教育水准，为旅游业提供专业的人才。

"一带一路"建设给旅游业带来的挑战，则主要体现在：旅游安全指数、文化冲突和产品的价格竞争力等三方面。中亚各国的旅游产品尤甚。丝绸之路的中亚各国与中国的国情迥异，以往交流也偏少，难以避免文化冲突，甚至安全系数也较低。丝绸之路沿线的旅游产品，短期内仍然是价高人少，不可能像东南亚旅游一样，甚至比三亚更便宜，但仍然有细分市场可以细水长流地经营。所有这些挑战需要法律保障、文明教化和精心运营，而非回避和模糊焦点。

中美关系的根基在："沉默的大多数"

文 \ 王栋

盘古智库学术委员，

北京大学中美人文交流研究基地执行副主任

〔**导读**〕

2015 年 6 月 23 日至 24 日第七轮中美战略与经济对话和第六轮中美人文交流高层磋商在美国华盛顿举行。刘延东副总理作为习近平主席特别代表，将与美国国务卿克里共同主持人文交流高层磋商。汪洋副总理、杨洁篪国务委员作为习近平主席特别代表，将与美国总统奥巴特别代表国务卿克里、财长雅各布·卢共同主持本轮战略与经济对话。

笔者认为,观察和思考中美关系不能忽视"沉默的大多数"。

美国知名中国问题专家兰普顿前不久表达了他对中美关系的忧虑,认为中美关系正在接近"临界点"。他的观点代表了近年在美国媒体、智库不断上升的对中美关系的悲观看法。有意思的是,根据芝加哥全球事务理事会 2015 年 6 月 2 日发布的民意调查显示,面对崛起的中国,67%的美国民众主张与中国进行"友好合作和接触",在民主党、共和党领袖中,持这一主张的比例更高,分别达到 87%和 78%。相反,只有 29%的美国民众主张应主动"制约"中国实力的增长,在民主党、共和党领袖中,这一比例则分别下降到 22%和 25%。

这一现象反映出美国媒体、智库圈同美国民众、决策者在看待中美关系上存在认知鸿沟。笔者近期访美,参加了与美国布鲁金斯学会的中美战略对话,也与美国国家安全委员会、国务院、国防部的官员进行了交流,得出了与上述结论一致的印象。

这表明不少美国媒体和政策界人士可能过于关注当前中美分歧的戏剧性一面,而忽视了中美关系更牢固的社会基础。同时,中美也存在对彼此意图的错误知觉和情绪性认知。尽管近年来美国对华战略疑虑有所上升,战略上牵制、防范等动作也有所增加,但美国对华战略总体上仍属于对冲战略。中美共同利益大于分歧的基本格局并没有发生根本变化。我们要更有战略定力,在坚决维护国家利益的同时,要看到中美关系更大的图景,不为一时一事所动;要更有战略耐心,加强战略沟通与交流,避免中美博弈中的误判,提高我国引导、塑造美国偏好和行为的能力。

笔者认为,观察和思考中美关系不能忽视"沉默的大多数"。如果我

们的眼睛越向下，越往两国地方和基层看，就越能看到中美关系的社会基础非常深厚，而且每天都在不断增长。从经贸、科技、教育、文化领域，中美各种人文交流日益频繁深入，见证着全球化时代中美不断增强的利益交融与相互依存关系。中美年度贸易额超过 5500 亿美元，中国对美投资已近 500 亿美元。在以环境、清洁能源、农业、卫生科技为代表的一些领域，中美双方展开了深度合作与创新。2009 年至 2014 年间，有超过 10 万美国留学生来华，而现在有超过 27 万中国学生在美国留学，占美国全部外国留学生人数的 1/3。中美之间每天上万人往来于太平洋两岸，2015 年两国人员往来有望突破 500 万人次。从一个角度来讲，中美人文交流就像是一张巨大的网，承载着中美关系的厚重，更像是无所不在的空气，维系着中美关系的"生存"。

"沉默的大多数"是中美新型大国关系的践行者。他们用脚投票，走出了不冲突、不对抗，相互尊重，互利共赢的中美新型大国之路。他们的声音很多时候未必能占据媒体头版，但作为中美关系的观察家，我们绝不应忽视他们。中美千千万万民众及其丰富实践构成的中美人文交流，是我们对中美关系发展未来保持乐观与信心的源泉。

"一带一路"，功夫在钱外

文 \ 张明

盘古智库学术委员，中国社会科学院投资研究室主任

中国人是一个喜欢仪式感的民族。正如 2008 年北京奥运会的召开象征着中国经济在全球金融危机爆发后异军突起一样，2014 年北京 APEC 会议的召开似乎象征着中国对外经济战略的全面升级。

根据笔者的观察，中国对外经济战略升级版的主要特征似乎是：第一，中国政府以更加积极的姿态参与区域经济金融合作。一方面致力于改造与提升固有机制（例如 APEC），另一方面努力主导创建新的机制（例如金砖银行、亚洲基础设

施银行与"一带一路"建设）；第二，以基础设施为主导行业，促进中国企业（特别是国有企业）的对外直接投资，以此来消化国内积累起来的过剩产能；第三，注重运用金融杠杆。中国政府动用外汇储备资金为金砖银行、亚洲基础设施银行与丝路基金等注入资本金，希望以此来撬动更大规模的银行融资或民间资本；第四，属于传统经济外交策略的重要拓展，试图通过增加对周边国家的直接投资来获得这些国家对中国模式以及中国崛起更大程度的认同；第五，试图对抗美国以自身为主导的TPP与TTIP建设。无论是区域全面经济伙伴关系（以下简称RCEP），还是亚洲太平洋自由贸易区，都体现了中国政府在新形势下试图突破美国钳制、创设更具主动性的区域乃至全球经济新秩序的努力。

不容否认，对外经济战略的全面升级，是中国政府基于对当前国内外诸多环境因素的全面考量，并从解决自身现实问题出发，深思熟虑后制定的新策略。这一策略，至少有助于缓解中国经济面临的如下问题：第一，外汇储备高企与投资渠道匮乏。目前中国外汇储备规模已经达到4万亿美元，由于大部分只能投资于发达国家政府债券，收益率乏善可陈。尤其是与中国引入的外商直接投资相比，收益率差距更是有云泥之别。这造成了尽管中国是一个国际净债权人，但中国还在向其他国家净支付利息的扭曲局面。通过鼓励中国企业的对外直接投资，中国政府试图达到加强外汇储备多元化投资从而提高主权外汇资产投资收益率的目的；第二，试图缓解制造业产能过剩与金融系统性风险。自全球金融危机爆发以来，中国制造业的产能过剩率显著上升，这造成企业部门负债高居不下，给宏观经济增长与金融体系问题均造成很大隐患。通过扩大

中国企业对海外的基础设施投资，客观上可以更加充分地利用国内目前积累起来的庞大产能，从而缓解企业去杠杆的压力，促进经济增长与金融稳定；第三，缓和与周边国家的地缘政治冲突，改善中国周边外交的紧张局面。近年来，随着中国经济的快速成长、中国制造的全球畅销、中国对外直接投资的激增，尤其是中国周边地缘政治冲突的加剧，使得周边国家对中国的疑惧心理显著上升，这客观上为美国的重返亚太提供了战略空间。因此，通过加强与亚太区域国家的贸易投资联系，中国政府期望能够缓和周边国家的疑惧情绪，为自身发展争取更好的国际环境。

如上所述，中国对外经济战略的全面升级的确有其客观性与必要性。然而，现实永远比理想更加复杂，为了让中国对外经济战略升级版推进得更加扎实与更可持续，笔者认为，中国政府至少应充分考虑如下问题：

第一，如何切实提高中国主权资产的海外投资收益率？最近市场喜欢把中国对外经济战略的升级版比喻为中国版本的马歇尔计划。这是一种良好的愿望，因为众多周知，美国从马歇尔计划的实施过程中获得了不菲的收益。然而，美国通过马歇尔计划援助的国家，是市场机制已经基本健全、仅仅是被第二次世界大战夷为平地的西欧国家。即使没有马歇尔计划，这些国家也必然复苏无疑，马歇尔计划仅仅是加速了这些国家的复苏而已。相反，未来金砖国家银行、亚洲基础设施银行与丝路基金的投资重点，是市场机制尚未充分建立、国内政治制度尚不稳定的新兴市场国家，投资于这些国家的风险，无疑远远超过当初美国投资于西欧国家面临的风险。此外，考虑到未来中国通过上述机构对外直接投资的重点是基础设施投资，而基础设施投资的一大特点是收益率偏低，因

此，在确保投资安全的基础上，如何确保中国未来的对外投资能够获得满意回报，从而改善中国的海外投资净收益，这是中国政府在未来制度设计方面应该重点考虑的问题之一。

第二，如何切实改善周边国家对中国的疑惧态度？大量的国际经验表明，一个国家对外提供援助越多，未必被其他国家接受程度越高。在国际交往的过程中，有关各方越来越重视软实力的重要性。与军事、经济实力不同，软实力更强调文化、制度与价值观。例如，中国政府在新中国成立后提出的和平共处五项原则，一度成为中国外交的核心价值观，为中国赢得了一大批发展中国家盟友。中国经济的崛起本来就已经引起周边国家的疑虑，因此，中国政府主导下对外直接投资的增加，很容易加深而非缓解周边国家的抵制与疑虑情绪。对中国政府而言，最不值当的结果是，我们花了钱，但其他国家对中国的敌意却不减反增。因此，要切实缓解周边国家对中国的疑惧态度，功夫实则在钱外。中国政府应该更加真诚、积极地与周边国家分享中国经济高速增长的经验，帮助周边国家解决其面临的紧迫问题，加强与周边国家在文化与价值观方面的交流。事实上，与传统的霸权理论相比，中国传统文化中的天下主义情怀，对小国是有很强的吸引力的。

第三，如何避免直接与美国对抗？历史经验表明，作为全球第二大经济体的中国要获得进一步发展壮大的空间，就应该尽量避免与美国直接对抗。目前美国与中国仍在很多问题上（例如反恐、全球经济复苏、朝鲜问题）有着共同利益，中美外交应该更加强调共同利益，而非彼此之间的分歧。特别是考虑到，在共和党把持了参议院以后，美国的对华

经济政策可能变得更为强硬，对华贸易保护主义与要求人民币升值的压力都会卷土重来，因此，如何能够与美国政府进一步增强战略互信，在合作中求发展，是中国政府面临的一大考验。例如，如何进一步加快中美双边投资协定（以下简称 BIT）谈判？在建设 RCEP 与亚太自由贸易区的同时能否主动与 TPP 保持密切接触？如何与美国在气候变化等具有共同利益的国际谈判中加强合作？这都是值得考虑的问题。

第四，如何克服对外经济战略升级版与国内结构性调整之间的冲突？假设未来几年内，中国真的能够通过加强对外直接投资而成功地多元化主权外汇资产投资、缓解国内制造业产能过剩问题，那么，中国政府是否会降低人民币汇率市场化改革与国内经济结构转型的动力？中国国内的结构性改革由于若干既得利益集团的阻挠，向来具有压力驱动或危机意识驱动的特点。如果中国政府能够成功地找到新的外部机制来缓解外汇储备飙升与产能过剩突出的问题，上述痛苦的结构性改革是否会被再次束之高阁？对中国这样的大国而言，其发展壮大的动力主要仍将源自内部，因此，如何在实施对外经济战略升级版的过程中推动国内结构性改革，实乃中国政府不容回避的重要挑战。

天元城市带或可成为中国两大区域战略的节点

文 \ 《21世纪经济报道》 对盘古智库学术委员易鹏的独家专访

2014年12月召开的中央经济工作会议提出"优化经济发展空间格局",并表示将在2015年重点实施"一带一路"和长江经济带战略。

盘古智库学术委员易鹏近日提出对接上述两大战略的"天元城市带"构想,称西安、郑州、武汉、长沙、重庆、成都五个城市将成为"丝绸之路经济带"和"21世纪海上丝绸之路"的最重要连接点。

五大城市优势明显

《21世纪经济报道》（以下简称《21世纪》）：提出"天元城市带"这一构想的背景是什么？

易鹏：目前中国有三大区域战略：即"京津冀""一带一路"和"长江经济带"。但京津冀协同发展更多考虑的是政治社会因素，而"一带一路"加长江经济带则多考虑经济因素。但不可否认的是，丝绸之路经济带要想发展，必须要正视自身经济总量偏小、带动力不够、经济腹地有限的现实，只有和长江经济带这个中国经济的龙头强强联合，才能够让丝绸之路经济带做强、做实。

《21世纪》："天元城市带"的功能定位是什么？

易鹏：以西安、郑州、长沙、武汉、重庆、成都组成的"天元战略"城市带，位于"一带一路"和"长江经济带"两大区域战略中，覆盖了传统的工业聚集区，有雄厚的老工业基础，比起现有的城市群，其涉及的范围更广，意义更加广泛。如果说珠三角、长三角是在工业时代的产物，那么"天元城市带"就是信息经济、航空经济、网络新经济大力发展和推动的结果，其经济圈范围辐射度得到更大幅度的提升，会以点变成面，这是新经济背景下的嬗变。

《21世纪》：五大城市联合发展有什么优势？

易鹏：构成天元战略有几个条件。第一是经济实力。如果没有足够的经济总量做支撑，既不能服众，也不方便吸纳更多的资源流入。但这五个城市原有的优势明显，重庆、成都、武汉是中国经济总量前十名的城市。之前国家为了支持各大区域发展，先后推出各种不同形式的国家战略。有部分区域甚至配置了双重的国家战略，也就意味着这些区域能够获得更多的国家政策、资金等各方面的支持，容易得到更好的发展机会。如成渝经济区就有西部开发、城乡统筹、成渝经济区、两江新区等；中三角就有中部崛起、两型社会综合改革配套试验区、环鄱阳湖生态经济圈等。如果可以联合发展，则能够吸纳更多的产业聚集。

第二是从这几个城市的人口看有增长潜力。武汉人口现在 980 万人，重庆主城区人口有 800 万以上，成都人口 1400 万，长株潭核心地区加起来有七八百万，郑州 900 万人口，而人口的聚集是城市带发展的基础，未来各级政府还应该尤其注重对创新人才的吸纳。

互通互联是基础条件

《21世纪》：如何推动实现这几个城市形成"城市带"整体发展？

易鹏：目前中国政府正加大中西部基础设施投资，未来应以天元城市带为中心进行建设。要将基础设施的互联互通、构筑大交通和大流通

格局作为具体抓手，有必要建设西安到成都、西安到重庆、西安到武汉、成都到格尔木、重庆到兰州、成都到重庆、重庆到长沙、重庆到武汉、武汉到长沙的快速通道。主要体现在高速铁路、高速公路、货运铁路、特高压电网、信息高速公路、民航机场、通航机场等综合型的基础设施上，推动各种要素的自由流动。

《21世纪》：在这几个城市中，成都、重庆、武汉的经济总量排名中国前十，而排名在中游的西安和郑州应该如何发展？

易鹏：陕西地处中国东西结合部，与资源丰富的西部地区和经济发达的东部地区都有良好的通达性，在铁路、公路、航空和信息上都是连接中国东西的重要枢纽。西安可以成为连接新丝绸之路经济带和长江经济带、沿海经济带的第一枢纽。通航产业是陕西能够争夺全国话语权的最重要领域。陕西应该在通航产业上制定规则，成立产业联盟、发起产业基金，发布通航产业白皮书，成为通航产业规则和标准的制定者。而将郑州纳入天元战略，则是因为如果解决了郑州的发展，则为解决东北老工业基地的发展提供了范本，也能够真正做到中国区域经济的整体发展。

完善中国企业海外投资风险评级

文 \ 张明

盘古智库学术委员，中国社会科学院投资研究室主任

〔**导读**〕

2014 年 11 月 21 日 -23 日，由中国与全球化智库（CCG）主办的"中国企业国际化论坛首届年会"在海南省三亚市召开。在 22 日下午举办的分论坛"如何管理海外投资中的挑战与风险"上，盘古智库学术委员、中国社科院世界经济与政治研究所研究员张明在论坛上表示，中国的对外投资在迅速增加，如此则对海外投资风险评级的完善十分重要。张明表示，中国社科院对 36 个国家进行评级，给中国企业进行海外投资提供参考。

中国社科院下周即将发布 2015 年度中国企业海外投资的风险评级，这是社科院连续两年来发布这样的年度报告。我主要讲一下评级体系的特征，报告的评级结果以及与去年的对比。

迄今为止，国际上关于国家的风险评级主要是三大评级机构：穆迪、标准普尔和惠誉发布的评级。这个评级主要看一个国家主权信用安全。国内已有的国家风险评级主要是银行内部使用的模板，比如说进出口银行，工商银行等。截止到现在，还没有一个独立的机构来定期发布一个从中国企业海外投资的视角出发的国家风险评级。我想中国社科院的研究报告应该是填补了这方面的空白。

为什么我们要做这样的东西？从 2013 年开始，中国已经成为全球第三大对外直接投资的国家，2013 年我国海外投资规模首次超过了 1100 千亿美元，从 2002 年到 2013 年，中国年度海外直接投资的增速达到将近40%，这是一个非常快的速度。按照这个速度，中国很快将会超过日本，成为增量上来讲的全球第二大海外直接投资国。

国家评级体系的三大特点：

第一，从中国企业海外直接投资视角出发。从企业海外投资会遭遇一系列的风险，包括经济风险、政治风险、法律风险以及中国与这些国家国际关系出现冲突的风险来量身定制。

第二，重点关注直接投资。尽管我们也顺带来看一下间接投资，但是主要看直接投资。

第三，评级体系由五个子模块构成。两个经济子模块：宏观经济和偿债能力。另外两个子模块是国家政治风险、社会和法律风险（劳动力市场风险）。最后一个模块是我们的创新，是对华关系。

对华关系方面包括六个比较全面的指标：一是有没有跟中国签订双边投资的 BIT 协议；二是过去五年内，中国企业在这个国家直接投资有没有显著受到阻碍，就是东道主受阻程度；三是双边的政治关系；四是对华贸易占贸易总额的比例；五是对华投资占总投资额的比例；六是衡量双边的签证，特别是商务签证有没有免签的待遇。

2014 年评级的国家和地区有 36 个，中国 2013 年对它们的直接投资存量占到中国对外投资总存量的 78%，应该说是很有代表性的。还有一些地方，像中国大陆对中国香港投资主要是过境，不是最终的目的地。

中国企业海外投资风险评级的结论

下面简单介绍一下报告的结论。我们设计的体系和国际是一样的，也是从 3 个 A 到 3 个 C，一共分为 9 级，三个 A 到三个 B 是投资级，之后可能就是风险比较高的国家。

在 2013 年评级结果中，三个 A 级最高级只有一个国家就是德国，2014 年跟去年是一样的，在评级体系里，2014 年两 A 级国家有 7 个，从高到低，分别是澳大利亚、加拿大、法国、韩国、美国、意大利和英国。一个 A 的国家今年有三个，日本、俄罗斯和墨西哥。三个 B 的国家包括印尼、阿根廷、巴西、土耳其、哈萨克斯坦、印度、南非、尼日利亚、巴基斯坦和赞比亚。最后，在我们的评级级别中比较低的是两个 B 的国家，主要是三个，就是柬埔寨、越南和蒙古。

在 2014 年的评级结果中，德国是第一位，第二位是新西兰、澳大利亚、新加坡、加拿大、美国、荷兰、英国和韩国。一个 A 级的国家是日本、法国、马来西亚、意大利、哈萨克斯坦，三个 B 的国家是菲律宾、印尼、俄罗斯、泰国、墨西哥、伊朗、土耳其、南非、巴基斯坦、蒙古。两个 B 的国家是柬埔寨、缅甸、越南、印度、巴西、老挝、阿根廷，安哥拉、赞比亚、尼日利亚。最后，比较低的是委内瑞拉和苏丹。

2013 年和 2014 年相比，级别显著上调的国家：从 3 个 B 变成今年 1 个 A 的国家是哈萨克斯坦；从两个 B 变成今年 3 个 B 的国家是蒙古。从一个 B 变成两个 B 的国家是安哥拉。

2013 年和 2014 年相比，级别显著下调的国家：在发达国家中，评级下调有级别变动的国家，一个是法国，法国从 2 个 A 变成一个 A，这跟其宏观经济和债券市场的形势变动有关系；一个是意大利，从两个 A 变成一个 A。在新兴市场国家这个评级下调比较厉害，主要是俄罗斯和巴西，这与全球大宗商品价格下跌和地缘政治冲突有关系，还有阿根廷，主要与今年债务微机再度爆发有很大的关系。

我非常简单地介绍了一下我们的评级结果，我想说一个企业海外投资，除了看国家风险之外，还有行业风险和具体项目的风险，所以一个企业要做出一个投资的决策，要综合考虑这三方面的风险。

"一带一路"和"亚投行"背后的资本逻辑

文\赵磊

盘古智库学术委员，中央党校国际战略研究所教授，
目前主持中央党校"一带一路与边疆稳定"重点课题

中国经济进入"新常态"之后，当下最引人注目的大事件，就是"一带一路"和亚洲基础设施投资银行（以下简称亚投行）了。对这样的大事件，人们用地缘政治的视角来观察，用民族复兴的境界来解读，这似乎已经成为高大上的解读范式。在我看来，地缘政治的视角是敏锐的，民族复兴的境界也是深刻的。但是，如果仅仅从地缘政治和民族复兴的维度来把握这样的大事件，恕我直言，那就看不到事件背后

的本质了。

拙文《我看"新常态"》有过这样的强调："只有站在马克思主义的立场，才能对'新常态'有清醒准确的把握。用马克思主义来把握'新常态'，不仅必要，而且科学"。为什么我要如此强调马克思主义？因为，对于"新常态"丰富的历史内涵，如果不用马克思主义政治经济学来解读，就不可能洞察其中的本质所在。比如"新常态"下正在展开的"一带一路"和"亚投行"，就是典型的解读样本。

那么，"一带一路"和"亚投行"背后的本质是什么呢？用马克思的逻辑来解读，一言以蔽之，就是"产能过剩"，就是"资本过剩"。

"一带一路"和"亚投行"是标志性事件，它表明，中国市场经济的发展已经进入了一个新的阶段。官方对这个阶段的解读包含三个层面：增速降低，结构调整，动力变化——称为："新常态"。坦率说，马克思主义学者是不会满足于在现象层面来把握"新常态"的。我注意到，虽然主流的解读有意无意地回避用政治经济学来解读"新常态"；但是，李克强总理反复强调"富裕产能"要"走出去"，其中透出的焦虑和紧迫感，其实为马克思主义政治经济学的洞察力提供了一个很有说服力的证明。

地缘政治重不重要？很重要？民族复兴紧不紧迫？很紧迫。但是，在地缘政治压力和民族复兴诉求的背后，不是主观的愿景，不是思想的放飞，而是资本的逻辑。此话怎讲？就是说，资本逻辑是"一带一路"和"亚投行"的内生动力源之所在。催生"一带一路"和"亚投行"的，并不仅仅是地缘政治的压力和民族复兴的诉求，更深层次的原因，是资

本逻辑的展开，是资本力量的膨胀。一言以蔽之，"一带一路"和"亚投行"不仅仅是中国主动的"积极作为"，更是中国"不得不为"的理性选择。

在这里，我无意对这种"理性选择"做出价值判断，而是想表明这样一个观念："一带一路"和"亚投行"并非主观愿景的产物，其背后有着深刻的历史必然性，这个历史必然性早已被马克思所揭示。

在迄今为止的思想家里面，马克思才是把握市场经济内在规律的真正大师。中国既然已经定位于社会主义市场经济，我们就没有必要回避马克思的话语和逻辑。对于 21 世纪的中国而言，如果说"一带一路"是商品输出的宣言，那么"亚投行"就是资本输出的宣言。其实，现任总理已经不再忌讳"中国有很多富裕产能"，高调并公开倡导"中国企业要走出去"。

如果用马克思主义政治经济学来解读这些事件，我不得不钦佩马克思主义的深刻洞察力：中国正在重复当年西方发达国家走过的历史进程。在这里，我之所以要强调"重复"这个关键词，就是要告诉大家：马克思主义看"新常态"，看"一带一路"，看"亚投行"，着眼点不在于偶然性，而在于必然性;不在于主观意志，而在于客观规律。客观规律就是不以人的意志为转移的事物的内在联系。这种联系不是偶然的，而是必然的。有了对必然性的把握，你才能站得更高，你才能看得更深、更远。恩格斯曾经高度赞赏斯宾诺莎对必然性的尊敬："自由就是对必然性的认识"。为什么？因为，只有在把握了必然性之后，"理论自信"才能真正建立起来。

　　最后做个小结："一带一路"和"亚投行"的内在逻辑，其实是资本的逻辑。这个逻辑表明，中国社会主义市场经济在步入新常态之后，开始展现出商品输出和资本输出的内在要求。按照这个逻辑展开下去，有一点恐怕必须保持清醒的认识：在全球市场已经被主要发达国家基本瓜分完毕的当代，中国的资本力量如何有效地拓展生存和发展的空间？进而言之，倡导"一带一路"和"亚投行"的双赢结局固然是正能量的，但是，中国实现"和平崛起"的障碍也是很现实的。

域外发达国家加入亚洲基础设施投资银行的原因与影响

文\张明

盘古智库学术委员，中国社会科学院世界
经济与政治研究所国际投资研究室主任

作为位于亚洲的多边开发机构，由中国主导的亚洲基础设施投资银行（下称亚投行）不仅吸引了 20 多个亚洲国家加入，而且开始对西方发达国家展现出巨大魅力。继 2015 年 3 月 12 日，英国成为首个申请以创始成员国身份加入亚投行的主要西方国家之后，3 月 17 日，法国、德国和意大利也发表联合声明，申请加入亚投行。至此，欧洲最大的 4 个经济体均已决定加入亚投行。3 月 18 日和 20 日，卢森堡和瑞士分

别发表声明，也申请加入亚投行。

截至 2015 年 3 月下旬，亚投行的创始会员国增至 33 个。其中，亚洲域内国家 26 个，包括中国、蒙古、东盟十国、南亚六国（印度、巴基斯坦、尼泊尔、孟加拉国、斯里兰卡与马尔代夫）、中东五国（沙特、约旦、阿曼、卡塔尔与科威特）与中亚三国（哈萨克斯坦、塔吉克斯坦与乌兹别克斯坦）。此外，还包括域外发达国家 7 个，其中欧洲国家 6 个、大洋洲国家 1 个（新西兰）。

域外发达国家加入亚投行，对作为首倡者的中国政府而言是意义非凡的成就。这表明以中国为主导的多边开发机构得到了主要发达国家的重视和参与。那么，为什么这几个域外发达国家愿意加入亚投行呢？

原因之一，是随着中国经济全球影响力的持续上升，与中国加强经贸投资合作是全球绝大多数国家的战略取向。虽然近年来中国经济潜在增速有所放缓，但是作为全球第二大经济体，中国经济增长的绝对水平仍然较高，这使得中国经济在全球经济中已经扮演着举足轻重的角色。自身经济复苏缓慢的欧洲发达国家，自然不想错过与中国加强全方位合作、实现共赢式发展的机会。虽然美国在其自身战略利益和地缘政治利益的考虑下，多次表态不愿意让其盟国加入亚投行，但事实表明，英国、法国、德国、意大利等仍然倾向于两面押注。

原因之二，是域外发达国家也期望从亚洲基础设施投资收益中分得一杯羹，从而进一步分享亚洲新兴经济体的经济增长成果。一方面，目前欧元区经济整体表现不佳，2014 年年初预计的 1% 的增长率无法实现，预计只有 0.5% 的增长率。欧元区还面临通缩风险，区内通胀水平一直未

达到欧洲央行设定的低于但接近 2% 的目标，2014 年 12 月更是降至 −0.2%，成为 5 年来首次出现的负值。除了经济痼疾难治之外，欧洲政治格局也存在诸多不稳定因素，受到希腊和乌克兰等国错综复杂问题的困扰。虽然欧洲央行在新年伊始即推出量化宽松的货币政策，企图推动欧洲经济恢复增长，但不一定能达到预期效果。欧洲迫切希望找到经济增长的新路径。另一方面，筹建亚投行是中国国家主席习近平、国务院总理李克强于 2013 年 10 月访问东南亚时先后提出的倡议，其目的是支持亚洲地区发展中国家的基础设施建设。目前亚洲地区基础设施建设资金缺口巨大。亚洲开发银行估计，在未来 8 到 10 年，亚洲基础设施的资金需求每年将达到 7300 亿美元。而相比之下，世界银行和亚洲开发银行每年在亚洲地区基础设施建设的投资总和仅为 300 亿美元左右。亚投行的成立与运营将有望弥补这一资金缺口，为亚洲地区发展中国家提供较为充足的资金支持，改善它们的基础设施条件，促进地区互联互通，推动区域经济发展。这无疑将带来大量的商业机会。因此，主要欧洲国家在自身经济表现不佳的背景下，更加关注区域外的潜在投资机会，尤其是增长相对强劲的亚洲领域，也就不难理解了。

域外发达国家加入亚投行的意义主要有二：

一是显著增强了亚投行的代表性与多元化程度。在英国、法国、德国、意大利等国家加入之前，除了中国和印度以外，亚投行的初始成员国都是相对较小的经济体。美国一直宣称，如果主要西方国家都不加入亚投行，那么亚投行将难以达到世界银行等其他多边开发机构的高标准，尤其是在与贷款挂钩的环境标准和清廉政府方面。如果由中国主导的亚

投行无法执行如世界银行和亚洲开发银行那样的放贷标准，这无疑会对亚投行的运转构成不利影响。因此，作为欧洲最大的 4 个经济体和七国集团成员，英国、法国、德国、意大利的表态加入可谓对美国政府进行了反戈一击，这极大地提高了亚投行的代表性和多元化程度，从而有助于其在多边经济合作中发挥更大的影响力。

二是对一些原本有意，但出于各种原因尚未申请加入亚投行的国家形成了更大压力。为了防止被进一步边缘化，韩国和澳大利亚最近表示，正在重新考虑之前做出的不加入亚投行的决定。从这一意义上而言，英国、法国、德国、意大利等国家的加入意味着，在 2015 年 3 月 31 日亚投行创始成员国申请最终截止前，成员国数量仍有可能在 33 个的基础上进一步提高。

域外发达国家加入亚投行这一举动，预计将会产生如下重要影响：

首先，将促使美国和日本加紧《跨太平洋伙伴关系协定》（以下简称 TPP）谈判。TPP 是由美国主导的区域贸易自由化谈判，其口号是"制定 21 世纪的国际贸易规则"，目的是重塑亚太甚至全球的经济秩序。目前 TPP 的谈判国已扩至 16 国，成员国 GDP 占全球份额近 40％、贸易总额约占全球 1/3，但中国并不包含在内。自 2009 年 12 月美国总统奥巴马通知国会有意参加 TPP 谈判以来，已经过去了快 6 年的时间，原定于 2013 年底结束的谈判也没有取得太多实质性进展。

美国与日本的经济规模占到 TPP 成员经济总量的 70％以上。TPP 没有进展的一个重要原因，正是美日之间的分歧逐渐凸现，尤其是在美日国内相关产业部门的利益诉求以及由此引起的国内政治压力下，美国和

日本两国在汽车和农产品问题上的分歧一直未能达成一致。具体而言，日本不愿意废除部分农产品（牛肉、奶制品、猪肉、大米、糖、小麦）的进口关税，而美国不愿意削减 2.5% 的汽车进口产品关税和 25% 的轻型卡车进口产品关税。域外发达国家投奔亚投行可能使得美国与日本的失落感加剧，导致两国很可能将加紧 TPP 谈判作为应对措施。

其次，将有助于增强亚投行的运营能力和国际化水平。新兴市场国家一直希望在国际经济金融治理领域中扮演更为重要的角色。一方面，2008 年国际金融危机的爆发，使得有关各国认识到国际货币和金融体系改革的必要性；另一方面，随着全球经济格局的变化，新兴经济体在全球经济中的占比已经大幅提高，它们要求多边金融机构给发展中国家更大的话语权。然而，由于既有利益格局已经形成，多边金融机构改革进展缓慢。在此背景下，中国政府一方面呼吁加快现有国际多边机构改革，另一方面，试图通过创建替代性机构，来为新兴市场国家在国际金融事务中提高影响力和话语权提供一个平台。

然而，中国是否有能力挑起大梁，顺利、成功地运营亚投行，一直备受外界质疑。毕竟中国没有运营多边开发机构的经验、项目、知识储备以及相应的体制机制，同时，中国在非洲等落后地区的开发经验一直被指责缺乏透明度、市场化运作和评估机制，而这些是现有多边开发银行需要遵循的基本原则。英国、法国、德国、意大利是现有主要多边开发银行的重要股东，它们的加入将帮助亚投行在治理结构、决策机制、融资筹资、项目运作、风险管理、信息披露及绩效评估等方面借助其成熟的经验、机制和团队，从而增加亚投行的运营能力和国际化水平。

最后，域外发达国家的加入给亚投行带来机遇的同时，也对中国领导亚投行的能力提出了更高的要求。中国的外交战略正逐步从"韬光养晦"到"有所作为"。在运营亚投行时，中国在借鉴国际经验的同时，也需要注意维护新兴市场经济体对亚投行的主导权。这就要求中国政府提高其在国际规则制定和国际关系管理方面的能力。

"一带一路"上的政商陷阱

文\雪珥

盘古智库学术委员，中国战略史、改革史专家

〔**导读**〕

国企习惯了不负责，民企习惯了钻空子，这是中国特色政商关系带来的两个负资产，也是"一带一路"必须真正正视的核心风险——风险不在外，而在内！

"塔什干不相信眼泪"

刚刚进入乌兹别克斯坦首都塔什干投资时,中国民企欧迈特公司充满了信心,不仅因为其经由乌驻华使馆商务参赞介绍,而且其乌方合作伙伴实力十分雄厚。

乌方伙伴是一家名为 SHOUSH INVEST GROUP 的公司,在塔什干代理销售中国的红岩、徐州重工、三一重工、韩国现代的工程车以及俄罗斯的自卸卡车,并且还开发房地产,在齐尔齐克市新建了砖厂,正在办理北京—塔什干包机业务。

双方要建立的是一家制砖合资企业,中方投入 22 万美元。可是,当中方人员在 2007 年来乌后,发现受骗,乌方承诺的条件无一兑现,给中方人员安排的生活待遇十分恶劣,乌方合资人买卖货物和进出账目均不经中方代表签字,办事拖沓、效率低下。并且,乌方很多做法明显非法,如乌方经理记假账、向税务部门谎报工人工资等。

无奈之下,中方决定终止合作,并于 2008 年 3 月将中方股本转让给乌方,约定在年底前支付 10 万美元。但是,到 2010 年 11 月乌方只支付了 2 万美元,中方派人到塔什干来讨要未果,还白搭出差费 1 万美元。

与另一家中国民企相比,欧迈特公司还是值得庆幸的。

那家中国民企,也与乌方合资兴建制砖厂,主导者是河北省某村支书,投资款 200 万元人民币则来自村民的集资。乌方的合作者,是一位名叫"卡米江"的个体商人,具体合作的是卡米江的弟弟阿的江。阿的

江在安集延州检察院工作，是从乌国最高检察院下放的，原因是涉嫌绑架一名中国商人。

合资开始，苦日子就伴随着中方。阿的江动辄以"软禁"威胁不听话的中国工人，不仅骗取企业税款（根据乌国法律，合资企业三年免税），且对中国工人不发一分工资、拒绝为中国工人办延期居留并强行驱赶其回国，支付、转账从不经中方经理签字，还私刻公章，模仿中方经理签字，从合资企业账户上随意提款……

对此中方一直忍气吞声，不仅任凭阿的江将中方翻译赶走，而且还在乌方合伙人分文未投之下，又让出 15%的股份，使其占股从 25%增加到 40%。

食髓知味，阿的江甚至设置圈套，不准将售砖收入缴入银行，而让会计将卖砖数告诉税务机关，挑动税务机关对合资企业罚款，继而以交不起罚款为由，驱赶中方人员全部回国，试图独霸砖厂。

此案在中国驻乌使馆交涉下，乌地方法院判中方胜诉。但没想到的是，判决后，乌方合伙人派人来工厂大打出手，导致中方人员严重受伤住院，使馆再次向乌方提出严正交涉。

这样的案例，经由中国商务部驻乌兹别克经商参处，公布在商务部的官网上。在经商参处的官方点评中指出：

掌控着合资企业的钱和账，又不允许中方经理成为合资企业的法人，办砖厂只不过是他们从善良朴实的中国人身上榨油的一种工具而已，从来就是不平等的，根本不是互利双赢的交易；"乌国司法机构（一些部委）的官员为所欲为，根本不把中国人当人，他们草菅人命，似乎'告

不倒',这样的'活阎王'要远离"……

这样直白、痛切而无奈的措辞,甚至还有"塔什干不相信眼泪"的字句,居然出现在中国的官方文件中,十分罕见。

其实,这些案例,无非是中国企业面向"一带一路""走出去"所遭遇的新挑战的一小部分。"一带一路"在绘制了美好愿景的同时,也令中国不得不正视其蕴含的巨大风险与挑战。毕竟,"钓鱼招商"而后"关门打狗",对于大多数中国企业来说,并非陌生。

"一带一路"的重点区域

在"一带一路"的宏大叙事之下,要界定哪些国家和地区在其覆盖范围内,是一项不可能完成的任务。

中华人民共和国国务院授权国家发展改革委、外交部、商务部联合发布的《推动共建丝绸之路经济带和 21 世纪海上丝绸之路的愿景与行动》,等同于宣告"一带一路"覆盖全世界:"基于但不限于古代丝绸之路的范围,各国和国际、地区组织均可参与"。

当然,在这份官方正式文件中,也概述了"一带一路"的重点路线。

"一带",即丝绸之路经济带,重点畅通路线为:

中国经中亚、俄罗斯至欧洲(波罗的海);
中国经中亚、西亚至波斯湾、地中海;

中国至东南亚、南亚、印度洋。

三条线路，与历史上丝绸之路的北、中、南三条线路相呼应。

"一路"，即"21世纪海上丝绸之路"，其重点方向是：

从中国沿海港口过南海到印度洋，延伸至欧洲；

从中国沿海港口过南海到南太平洋。

根据官方的这些阐述，大致可以推断"一带一路"的重点区域。

首先就是巴基斯坦，无论对陆上"一带"还是海上"一路"，都是关键的节点。而作为中国的"全天候战略合作伙伴"，中国在这里投放了巨大的经济、政治资源。

其次就是东南亚，这是"一带"南线所覆盖的区域，也是"一路"的必经之地。东盟十国，与中国山海相邻，不少也是南海的声索国，关系错综复杂，毫无疑问是"一带一路"的难点。

随后就是中亚地区。中亚五国，其中哈萨克斯坦、吉尔吉斯斯坦、塔吉克斯坦和乌兹别克斯坦四国（除了土库曼斯坦）是"上海合作组织"（以下简称上合组织）成员国。中亚地区不仅是中国打通欧亚大陆桥，以减少对马六甲航道的战略依赖的关键节点，也是迄今因种种原因仍有相当多的关键问题没有突破的"掐脖子"地段。

最后就是中东地区，既是"一带"中线的关键，也是目前中国构建能源安全的重点。

因此，本文选取中亚、东南亚、南亚、中东及俄罗斯、东欧（"一

带"北线）等 41 国，作为观察对象。需要提醒的是，任何范围的样本选定，都有其一定的局限性。

腐败的阴霾

政商关系的最直观体现，就是腐败程度。

腐败对国际经济秩序的危害，并不亚于政治信任缺失、贸易壁垒高筑等，无论是"经合组织"、联合国、欧盟，还是世界银行及区域性发展银行，都认同腐败问题是最应优先关注的紧迫问题，世界银行甚至提出"腐败是经济和社会发展的最大障碍"，并率先提出将促进"善治"（Good Governance）作为消除腐败的关键策略（斯达芬·安德森、保罗·海伍德，《感知的政治学：透明国际腐败测量方法的运用和滥用》）。

对不同国家的腐败程度进行量化衡量的，首推"透明国际"的"腐败感知指数"（Corruption Perception Index，CPI）。顾名思义，这是对于各国腐败程度的主观感知，其数据来自于各种权威报告，主要是经济领域内权威报告中对各国腐败程度的感知与评判，这些感知与评判则主要来自商业人士，再由研究人员进行综合后予以评分。因此，中文媒体普遍将腐败感知指数称为"清廉指数"，并不确切，缺乏了"感知"二字，容易引起歧义和无谓的争论。

什么是腐败？"透明国际"对此下的简单定义流传甚广："从操作上而言，腐败是滥用委托之权力谋取私利的行为。"尽管对"透明国际"的腐败定义、数据收集及分析的科学性，各界有着相当大的分歧，但有一点是可以肯定的，目前尚没有比它更有影响力的腐败数据体系。

从"透明国际"发布的 2014 年腐败感知指数数据中进行提取和计算，可以发现：

第一，"一带一路"沿线 41 国的平均得分为 35，比腐败感知指数数据所覆盖的总共 175 个国家的平均分（43）低了 18.6%。这意味着，这些国家的腐败感知程度比全球平均更为严峻。

第二，中亚五国作为"一带"北线与中线的枢纽，其腐败感知指数平均得分仅为 22.8，这一得分相当于腐败感知指数排行榜上第 154 位（总共 175 国），绝对垫底，比全球均值低了 42.5%，比中国得分低了 36.7%，可谓是全球的腐败谷地。同样的，俄罗斯、白俄罗斯、乌克兰等东欧三国，其平均得分 28，低于全球均值 34.9%。

第三，中东地区所选取的 19 个样本国，平均得分 39。其中，土耳其等 9 国的得分，超过全球均值。值得注意的是，中东地区得分极低的一些国家，如苏丹，近年中国对其投资不少。

第四，南亚 4 个样本国的平均得分 29，低于全球均值 32.6%。作为"一带一路"关键枢纽的巴基斯坦，其得分与四国均值相同，只有 29 分。

第五，东盟十国中，除文莱没有数据，其余 9 国平均得分 38 分，也低于全球均值及亚太均值。东盟各国的差距悬殊，最低的老挝、缅甸、柬埔寨，在全球垫底，分别排名第 145 位和第 156 位（缅、柬并列）；最高的新加坡一枝独秀，得分高达 84，在全球高居第 7。如果不计入新加坡，东盟其余国家的腐败感知指数均值，就陡降到 32.5 分，低于全球均值 24.4%。

第六，41 个样本中，22 个国家的 CPI 低于中国，占 53.7%；29 个国家低于全球均值，占 70.7%。

高风险评估

除了腐败之外，政商关系对一国投资环境的影响，还主要体现在政治风险上。国际上量化衡量政治风险，常用的有两个指标体系，且都实行有偿服务。

一是美国"商业环境风险情报公司"提供的《商业风险服务》（Business Risk Service，以下简称 BRS）。其每年发布三次，对 50 个国家进行分析，其中分为三个指标：LRquant 指标分析一国创汇能力，占比 50%；LRqual 指标分析一国经济管理能力、外债结构、外汇管制状况、政府履行国际职责能力和腐败情况，占比 25%；LRenvir 指标分析一国政治和社会经济环境，占比 25%。在最后一项 LRenvir 指标中，政治风险占其中的 40%。

BRS 的样本国仅有 50 个，"一带一路"中相当多的国家并未纳入，本文暂且从略。

二是美国 PRS 集团提供的《国家风险国际指南》（International Country Risk Guide，以下简称 ICRG）。ICRG 比 BRS 的覆盖面更广，对多达 140 个国家进行每月一次的高密度风险评估。

ICRG 的政治风险评估，设定了 12 个变量，即：政府稳定性、社会经济环境、投资情况、内部矛盾、外部矛盾、腐败、军队干预政治、宗

教关系紧张程度、法律和社会秩序、种族关系紧张程度、民主问责制、行政机构。

因乌兹别克斯坦等 7 个国家没有纳入 ICRG 的研究对象，本文使用的 41 个样本国能提取有效数据的为 34 个。根据 2014 年 1 月的 ICRG 数据，这 34 个国家的政治风险分级：

"最低风险等级"（≥80 分）的，仅有文莱、新加坡 2 国；

"低风险等级"（70.0~79.9 分）的，有阿联酋、马来西亚等 4 国；

"中等风险等级"（60.0~69.9 分）的，有哈萨克斯坦、乌克兰、菲律宾、越南等 11 国；

"高风险等级"（50.0~59.9 分）的，有俄罗斯、巴基斯坦、缅甸、印尼等 13 国；

"最高风险等级"（≤49.9 分）的，有埃及、叙利亚、伊拉克、苏丹 4 国。

"高风险"与"最高风险"合计 17 国，占样本数的 50%。

34 个国家的平均得分为 59.6，低于全球 140 个国家的均值（64）。

政治风险是构成 ICRG "综合风险"（Composite Risk）的一部分而已。IC-RG "综合风险"综合了政治风险（PR）、金融风险（FR）和经济风险（ER）三类，对 22 个变量进行综合评估。数据表明，34 个样本国的"综合风险"均值为 67.9，接近全球均值 69。

面对风险

不可否认，从 41 个样本国家的简单分析，可以推知"一带一路"的重点区域堪称全球"高腐败带""高风险路"——其实，"一带一路"就是某种程度的"拓荒"，那些腐败程度低、风险低的国家（主要是发达国家），在此前 35 年的改革开放中，早已成为中国人的"熟地"了。

问题在于，即便是"高腐败带""高风险路"，中国是否该进入、如何进入？

学界普遍的观点认为，贸易、投资一般会流向"制度质量"高的国家。毕竟，现实经济生活中存在着交易成本，制度因素因此扮演重要的角色，而在诺斯认为构成制度的三部分，即正式制度（宪法、法律、财产权利）、非正式制度（制裁、禁忌、风俗、传统和行为守则）和实施制度中，政商关系都是最为直观的体现。

应该承认，"制度质量"对贸易与投资有巨大的引力作用，即便在中国国内，也有大量的实证证明，那些"服务"做得好的地方，招商引资的能力也更强。投资应该追逐"制度质量"高的国家和地区，这是资本趋利避害本能的反应。

但是，经济活动是错综复杂的，所谓"制度质量"低的国家和地区，也有大量的财富值得挖掘，甚至，因为"制度质量"的落差，获利空间更大。

用"制度质量"的引力，很难解释一个历史事实：从工业革命迄今，

数百年来，世界投资的主流方向之一，恰恰是从"制度质量"高的发达国家、先行国家，流向"制度质量"低的发展中国家、后发国家。当然，在资本扩张的早期，发达国家常常用坚船利炮的军事手段，来对冲和减少风险。但是，第二次世界大战之后，尤其是 20 世纪 70 年代以来，从发达国家对包括中国在内的新兴市场的大规模投资来看，军事力量绝非其对冲风险的主要手段。

以中国当代改革为例，虽然 30 多年来经济的发展大有成效，但"制度质量"毕竟仍旧"居低不上"，无论"腐败感知指数""ICRG 风险"等等，都明显偏高，却丝毫没有阻碍大量外资蜂拥而入，这本身就说明："制度质量"低，并不足以吓阻资本的步伐。这大约也是中国传统所谓的"富贵险中求"？

如今，中国已经成了世界主要的对外投资主体之一，为何要畏惧"一带一路"沿线国家的"制度质量"偏低、风险偏高呢？在对外投资、输出资本方面，如何面对风险、应对风险，这是我们在下一阶段要向发达国家学习的——至少有一点是可以肯定的，绝不能退缩不前。

其实，不仅高收益往往与高风险伴行，而且对于风险承受能力的判断，还要看一个非常重要的因素——自我需求。对当今中国发展至关重要的能源安全乃至粮食安全，都无法避免与"一带一路"沿线这些"制度质量"较低国家的协作。显然，为了获取"雪中之炭"（如能源安全）所需的风险承受能力，比采摘"锦上之花"（如一般制造业的产能转移），要大大提升。

华资爱风险？

中国迄今为止的对外投资实践，其纷繁复杂，已经令主流的经济学理论，包括制度经济学理论，在解读时显露出了捉襟见肘的疲态。

【观点一】一些学者发现，制度质量与中国投资流向正相关，制度质量越好，中国的投资越多。

针对 2007 年中国对外直接投资的 97 个国家进行数据分析，有学者认为东道国制度环境质量与中国外向 FDI 流量显著正相关（周建等：《东道国制度环境对我国外向 FDI 的影响分析》）……

对 243 家中国海外投资企业的问卷调查发现，在制度环境的调节机制维度上，东道国的政策法规等正式制度越健全，中国企业越倾向于采取并购和独资的进入模式（吴先明：《制度环境与我国企业海外投资进入模式》）……

【观点二】更多的学者发现，制度质量对中国投资没有正相关关系，一些制度质量低的国家和地区，反而更能吸引中国投资。

对 2003 年至 2006 年中国在 73 个国家的非金融投资类对外直接投资（OFDI）考察发现，东道国政治风险对中国对外直接投资无显著影响的抑制效应（韦军亮等：《政治风险对中国企业走出去的影响：基于面板数据模型的实证研究》）。

美国学者同样分析中国 2003 年至 2006 年间对外直接投资的数据，发现东道国较差的制度环境反而有利于中国对外直接投资的流入；这得

到其他美国学者的支持，认为制度环境较差、政治风险较高的东道国，对中国的对外直接投资具有较强的吸引力……

分析 2003 年至 2010 年中国对外直接投资流量及存量位居前 20 位的国家，其 ICRG 政治风险指数显示，只有 1/3 国家的政治风险较小、制度质量较好。也就是说，中国的对外直接投资大部分流向了政治风险较大、"制度质量"较差的国家。学者因此认为，"制度逃逸"论对中国企业的国际化行为的解释力是有限的（**洪俊杰等：《中国企业走出去的理论解读》**）。所谓"制度逃逸"现象，即企业通过国际化逃离本国不协调的制度约束，即通常所说的"人往高处走"……

更为具体的是，在"制度质量"比较高的国家，资源产业保护对海外收购的完成有负面影响，"制度质量"对这种负面影响有加强作用。也就是说，制度质量越高的国家对资源的保护程度越高，资源型收购相对于其他类型收购的成功率也越低。在"制度质量"比较低的少数几个国家，对资源产业的收购相对于其他产业反而更容易成功，但随着"制度质量"的提高，对资源产业的收购难度也会增加（**张建红等：《中国企业走出去的制度障碍研究》**）……

【观点三】也有学者，进行了更为细致的分析后，发现"制度质量"的正反影响同时存在，对不同的方面产生作用。

根据 2012 年中国对外直接投资流量排名并结合往年投资流量数据，选取 35 个代表性国家或地区作为样本进行分析，发现中国对外投资确实和东道国的政治制度存在密切关系，其中"政府效能"的相关系数较大，即政府的公共服务职能和高效率的政务能为外来投资者提供良好的宏观

环境;"政府监管"和我国对外直接投资之间相关性也较密切,政府对市场运行监管力度越大越能保证市场的正常运行。而有意思的是,"政治民主度"则和我国对外投资呈负相关关系,可能是因为民主度较高不利于政策制定效率的提高,从而影响投资企业的经营效率(谢孟军:《目的国制度对中国出口和对外投资区位选择影响研究》)……

中国出口贸易主要分布在制度质量较高的国家或地区,向制度质量较差国家或地区的出口较少;对外投资则主要投资于"制度距离较小"——即"制度质量"与中国相似——的国家或地区,但开始日趋偏好制度质量较高国家或地区(谢孟军:《目的国制度对中国出口和对外投资区位选择影响研究》)……

对 55 个东道国、5 年 275 个观测数据分析发现:一方面,相对于市场寻求型与战略资产寻求型的企业,中国资源寻求型企业在区位选择上对制度因素的重视程度最低;另一方面,由于中国市场经济发展的局限性和企业自身的原因,市场寻求型与战略资产寻求型企业对某些制度因素的重视程度还不够(陈丽丽等:《我国对外直接投资区位选择:制度因素重要吗?基于投资动机视角》)……

因时制宜

对"一带一路"进行风险研究,无法回避一个中国特色的问题:投资主体。

中国特色的政商关系,既体现在政府与民营企业的关系上,也体现

在政府与国有企业的关系上。作为国有企业与民营企业，不同的投资主体在风险评估和承受方面是不同的。

学界研究显示，因为中国对外投资的主体长期是国有企业，导致中国企业对政治风险不敏感，可能要归因于大型国企在"战略性自然资源"（Strategic Natural Resources，以下简称 SNR）和政治风险之间的权衡取舍。研究表明，东道国以石油、铁矿石、铜矿石为代表的 SNR 每增加100 万吨，中国在当地的直接投资就会增加 5568 万美元，而大多数 SNR 丰富的国家都是政治风险很高的国家。丰富的 SNR 对当地政治风险起到了"屏蔽"的作用。除了使命不同带来的影响之外，国企管理上的问题也不可忽视。一些国企对外投资时盲目拍板、出了问题胆小怕事则息事宁人，事后又缺乏风险管理的检讨和改善（韦军亮等：《政治风险对中国企业走出去的影响：基于面板数据模型的实证研究》）。

相比而言，中国的国有企业更倾向于投向自然资源丰富、政治风险高的地区，而民企更可能是市场寻求型的。与国企相比，民企虽然尚未在对外投资中扮演主角，但其对风险的认知与各种准备，并不见得优于国企。何况，在此前 30 多年的改革开放中，已经对中国式的政商关系形成了路径依赖，民企十分自然地就将中国的一套带到了境外，这在某种程度上放大了其对自身风险抵御能力的高估。

国企习惯了不负责，民企习惯了钻空子，这是中国特色政商关系带来的两个负资产，也是"一带一路"必须真正正视的核心风险——风险不在外，而在内！

学界的部分研究也表明，中国对外投资在"制度质量"低下的地区，

表现并不差。毕竟，影响投资成效的，除了"制度质量"之外，还有"制度距离"——母国与东道国之间制度的差异。

对中国自身吸引外资的研究，似乎支持了这种"性相近、习亦相近"的论点。对 69 个国家与地区在 2000 年至 2003 年间的对华投资分析发现，两国之间的制度差异程度与投资国在中国的直接投资成负向关系（潘镇：《制度距离与外商直接投资：一项基于中国的经验研究》）……

以 2000 多家在华外企作为研究样本，发现外企的母国与中国的"制度距离"越大，其在中国的生存状况就越差（潘镇等：《制度距离对于外资企业绩效的影响》）……

并不是目标国的"制度质量"越高，越有利于跨国经营的利润最大化。目标国的"制度质量"较高，同时也可能意味着和中国的"制度距离"更大，较大的制度差异将使经营者面临更为陌生的制度环境，有些制度是本国所没有的，与国内的交易有所不同，经营者只有熟悉并适应这种环境才可能在目标国成功经营（谢孟军：《目的国制度对中国出口和对外投资区位选择影响研究》）……

"制度距离"与对外投资的反比关系，并不仅仅存在于中国，其他国家也有。美国学者发现，"制度距离"接近，"心理距离"越小，相应会减低跨国经营中那些不确定性风险引致的额外成本。研究甚至发现，母国的制度环境相对更能容忍腐败的存在时，这个国家的企业在对外直接投资上也有比较优势，特别是当投资目的国也存在高腐败的环境时，所以，高腐败容忍度母国的企业更倾向于向国内腐败盛行的东道国投资。

学者发现，环境不成熟的国家更能吸引中国企业的投资，比如泰国、

越南、印度等。企业更懂得如何在这样的环境中经营，较竞争者赢得更多的机会。随着东道国与中国的差距增大时，中国对其投资的可能性就会减少，但是当这个差距超过一定范围后，中国对其投资的可能性反而会增加，如美国、德国、加拿大、新加坡等，这些国家的市场经济较为成熟，政府的行政效率也较高，在这些国家投资能够为企业提供良好的经营环境（陈丽丽等：《我国对外直接投资区位选择：制度因素重要吗？基于投资动机视角》）……

完善制度

当今中国的一大国情，就是尚处于转型期，制度不完善曾经是、并且依然是最大的背景。在对外投资上，中国企业既不完全具备微观层面上的所有权、内部化、区位、知识资本、生产率等优势，也不具备宏观层面的完善的市场经济制度环境。因地制宜、因时制宜地看，"一带一路"沿线国家的许多特质与中国比较接近、相似，这在一定时期、一定程度上，或许就是中国的竞争优势之一。

机会绝对不会出现在抱怨与畏缩之中，而在于如何积极行动。

首先，既有的投资实践证明了，中国投资在"制度质量"低的国家表现尚可。除了国内企业适应在浑水里游泳的特点之外，不可否认，良好的双边政治关系也有效对冲、弥补、替代"制度质量"问题。

有学者运用 2003 年至 2010 年间中国对 131 个国家的投资数据进行分析，结果显示：中国与东道国之间建立外交关系的时间越长、两国城

市之间结为友好城市的数量越多，双方高层领导人的互访越密切，对于促进中国对外直接投资有十分显著的积极作用。双边友好的外交活动对一些比较敏感和重要的投资（如资源寻求型的投资）起到了保驾护航的作用，双边外交活动能够弥补东道国制度环境的不足（**张建红：《双边政治关系对中国对外直接投资的影响研究》**）。

其实，通过外交渠道签订的双边投资协定及各种经济协定等，就是最为直接的制度设计，能有效填补两国的"制度距离"，中和"制度质量"低下的风险。

其次，建立、完善投资担保机制，发挥保险对风险的转移功能，也能有效中和"高腐败带、高风险路"的危害。

一方面，要用好既有的投资担保机构，比如世界银行的"多边投资担保机构"（Multinational Investment Guarantee Agency，以下简称 MIGA）。这家机构的宗旨是向外国私人投资者提供政治风险担保，包括征收风险、货币转移限制、违约、战争和内乱风险担保，并向成员国政府提供投资促进服务，加强成员国吸引外资的能力，从而推动外商直接投资流入发展中国家。包括前面所提及的乌兹别克斯坦等在内，"一带一路"一些节点国家，本身就是 MIGA 的成员。在 MIGA 的框架内，用好担保工具，可以有效减少中国投资的风险——当然，村支书集资 200 万元人民币去投资制砖厂之类的规模小、技术含量低、环保成本高的项目，估计很难得到保险支持。

另一方面，可以推动建立双边甚至多边合资的针对"一带一路"、甚至某一目标国的投资担保机构。如同建立"亚投行"一样，是否可以考

虑建立"亚投保"（亚洲基础设施投资保险公司）？有了这样的双边乃至多边投资担保机构，投资者背后的担保者，为了自身的经济利益，也会对具体的风险防控做出更为及时、有效的反应。或许，"一带一路"中，除了高铁等基建类产业之外，保险大约是最可以先行、也最应该先行的产业。

保险行业的有效介入，不仅能够提供实质性的安全网，也能加快加深对沿线各国风险的评估预防，倒逼沿线各国政商关系的改善和"制度质量"的提升。中国出口信用保险公司每年编制的《国家风险分析报告》，就是有益的尝试，当然其实用性、针对性还有很大的改进空间。若能结合外交部、商务部等主管部门的力量，尤其是驻外机构的实操经验，从更高层面、更深入地编制风险分析报告，对"一带一路"风险控制防范将有很大的意义。

最后，提升自身应对风险的能力。真正影响中国对外投资的，与其说是东道国的制度质量，不如说是中国企业本身对不同风险的把控能力。学者对1324个中国企业海外收购案例进行实证研究后发现，中国企业海外收购成功率低的原因，一方面是源自于双方政治和体制的限制，另一方面则是由于中国企业本身的发展水平和国际化程度不高所致。大量实例证明，事先对风险准备不足、事中对风险不善应对、事后对风险不予总结，是中国企业的通病。"没事不要惹事，有事不要怕事"，这还是中国企业要加强的基本功。这样的自我改革，或许也能倒逼中国国内政商关系的改善。

"一带一路"
——超越陆权海权的新思维

文 \ 吴志峰
盘古智库学术委员，中国银行业协会行业
发展研究委员会副主任

　　中国的"一带一路"完全是一种包容发展主义，发展才是硬道理，不能以传统陆权海权思维来揣度。

　　在人们热议"一带一路"时，出现很多不同的主张，其中一些涉及陆权海权之争，带有控制与争夺的思想。对此，笔者认为要深刻思考中国政府提出"和平合作、开放包容、互学互鉴、互利共赢"的精神和"共商、共建、共享"的建设原则，超越传统的陆权海权思维，引领走向合作共赢的全球化

新时代。

"一带一路"经济带不是中国的西进运动

"西进运动"这个词本指美国开发西部过程中轰轰烈烈的社会运动，长达百余年的东部居民大规模向西部迁移和开发西部，迸发了美利坚民族开疆拓土和社会大发展的活力。但美国西进运动不但是移民和开发的运动，同时还是控制、侵略和掠夺的运动，西进运动不但从法国购得了路易斯安那大片土地，而且通过与墨西哥的战争取得德克萨斯新墨西哥和加利福利亚州，同时把印第安原居民控制圈居起来，美国西进运动伴随着印第安人的血泪史。而且美国西部往西是大海，打通以后美国成为两洋国家，扩大和强化了其陆海控制地位。

如果借用西进运动指代中国开发"一带一路"经济带，其西部往西要跨越不同的文明地带，乃至直抵现代世界文明的中心地带西欧。除却时代原因也与美国开发西部有本质不同，中亚诸国对中国的戒心极重，不要说控制，人家对中国提出的合作也未必实心实意。主张"一带一路"是中国西进运动的人，实质上有根深蒂固的陆权思想，认为"一带一路"是作为对美国重返亚太战略的对冲，向西开拓腹地，联中亚与俄国而制衡美、日，并输出国内过剩产能和资本，把欧亚中心地带视为中国资本的输出地、原材料来源地和安全控制地带。

作为陆权理论的提出者，麦金德有个著名的三段论："谁统治了东欧，谁就能控制大陆心脏地带；谁控制了大陆心脏地带，谁就能控制世

界岛（欧亚大陆）；谁控制了世界岛，谁就能控制了整个世界，也正是基于陆权理论，国外很多人很是怀疑中国提出"一带一路"倡议的动机，似乎中国也是要通过控制中亚进而控制欧亚大陆。

从历史来看，中国即使具备控制实力也不可能这样做。麦金德的三段论如果成立，希特勒的第三帝国就不至于失败，而苏联战后实实在在地控制了欧亚大陆，不也是土崩瓦解了吗？苏联领导人是不是深陷麦金德的陆权控制论不得而知，我们至少知道苏联的失败在于其对内控制和对外孤立，最终使其生命力自我窒息而死。

因此，如果以传统陆权思想来指导"一带一路"，甚至主张"一带一路"是要背转身来面向大陆扩张，与改革开放以来面向大海融入世界的努力相对立，那将是非常危险的。在全球化的今天，无论从中国实力地位还是国际政治格局看，中国都不可能像美国西进运动一样进行强占和控制，唯合作共赢、共同发展才是出路。

海上"一带一路"不是要抢控贸易通道

21 世纪海上丝绸之路也有指导思想的问题。许多人认为中国庞大的贸易受制于美国控制的马六甲海峡，建设海上"一带一路"的关键是要控制几大海上贸易通道。一些提法，如开挖泰国克拉地峡以取代马六甲海峡，建设中缅战略通道直通印度洋，在霍尔木兹海峡和吉布提建立基地扼守咽喉等，这些想法都是基于海权控制思维，认为这是中国作为大国崛起所必须掌控的贸易通道。

马汉的海权理论确实非常重视对所谓全球六大海上通道的控制。马汉作为美国海军将领，在 19 世纪末力主美国修建巴拿马运河，认为这样美国海军力量不至于分割在大西洋和太平洋，对美国取得全球制海权非常有利，美国海军也确实按马汉的海权理论一步步发展为海上霸主，尤其在 20 世纪 50 年代通过胁迫英、法从苏伊士运河撤军，似乎进一步印证了海上通道对美国的重要性。

我丝毫不否认海上贸易通道的重要性，也无意论证现代海权论是否过时，因为至少看起来，海权论比陆权论似乎要牢靠些。但是，中国目前不是抢控贸易通道的时候，要论海上控制权，它的取得与陆地控制权有根本不同。陆地控制权可根据地形构筑工事，形成相互制衡的区域割据对峙局面。而海上控制权打的是歼灭战，因为在海上无以凭靠，要么赢要么输，也就是说海上霸主一段时间内只能有一个，其余各国最多能依据陆地组成海岸自卫队。因此，如果美国能控制马六甲，它一样能控制克拉地峡，并同样能控制霍尔木兹和吉布提。出于海权控制思维去与美国霸主争夺贸易通道是无效的。

不光无效，而且有害。海上霸主不是谁都能当的，不能光看它占据了控制海洋的优势，它同时背上了提供海洋公共品的沉重负担。海洋容易打歼灭战是因为难以防御，这也意味着在和平时代海洋霸主如果要阻碍他人利用海洋也是代价惊人，同时霸主还必须提供公共品，为正常的世界贸易和海运保驾护航。如果中国现在就急于争夺贸易通道控制权，美国就容易联合那些害怕中国强大的国家出钱出人分担其海上警察的财务成本和职责，容易形成联合对付中国的局面。

"一带一路"需要全球化新思维

陆权与海权思维的本质都是控制与索取,这与"一带一路"的愿景背道而驰。中国要带动建设"一带一路",必须具有与当今时代对应的全球化思维,这个思维不是民族主义的,而是符合各国的利益与价值并为其所接受的。不可否认,美国在全球推动的所谓民主自由具有颐指气使的霸权内涵,它不管各国的文明与历史现实单向推进,造成了一些文明冲突。而从发展现实看,欧美推动的是"中心外围"结构的发展,认为外围只有吸收采纳欧美政治与经济制度才能最终发展起来,但亚非拉国家却发现自己的发展离中心发达国家越来越远,陷入长期的贫困、衰退乃至被掠夺。世界的发展需要中国承担既承继欧美又不同于欧美的全球化新思维。

2008 年全球金融危机以来,美国基于国家主义而从自由贸易的旗手回撤,甚至屡次祭起贸易限制的杀手锏。美联储的货币政策也是利用美元世界储备货币的地位而行美国国家利益之实,加剧了全球经济的动荡。在这个时机,中国作为全球第一贸易大国和经济增长重要发动机,如果接过美国手上自由贸易旗帜,以基础设施作为推动实体经济复苏和发展的支撑,显然有别于欧美中心国家传统的紧缩型援助扶贫政策,给有关国家输入实实在在的发展后劲。显然,这对中国是个机会,同时世界需要中国这样做。

同时,从发展主义观点来看。"一带一路"中心地区,尤其是中亚,

173

似乎为现代世界所遗忘和抛弃。欧亚中心地带自苏联解体后并没有取得显著的发展，欧美发达国家对它的援助远不及预期，它的发展是波折动荡的，经济增长在新世纪以来甚至不及非洲和拉美。在与中国相邻的这个地区，以中国的发展来带动它们的发展就具有自然正义，甚至也是中国的责任。

而从可能性来看，20世纪下半叶至今的产业转移，先是日本，其后是韩国和东南亚，以及现在的中国和印度，形成了优势产业链和产业集群，使东亚成为全世界的工厂，世界经济的重心已经东移。这个世界产业链和世界工厂极有可能向中亚、南亚乃至欧亚中心地带扩展。这个扩展过程对"一带一路"沿线国家显然非常有利，而唯有中国因为其体量和刚刚发展起来的新鲜实用的经验在其中能起到核心推动作用。

因此，中国的"一带一路"完全是一种包容发展主义，是共商共建共享的合作共赢思想，是基础设施互联互通和产业链合作发展的全球生产体系思路。"一带一路"与陆权海权理论无关，而是超越了控制思想的全球化发展新思维，或者也可以说，发展才是"一带一路"的硬道理，请不要以传统陆权海权思维来揣度。

中国羊年的"美羊羊"
——亚洲基础设施投资银行为什么备受青睐

文 \ 赵磊

盘古智库学术委员，中央党校国际战略研究所教授，
目前主持中央党校"一带一路与边疆稳定"重点课题

亚投行全称为亚洲基础设施投资银行（以下简称亚投行），是一个政府间性质的区域多边开发机构，重点支持亚洲区域的基础设施建设。总部设在北京，法定资本为1000亿美元。

第一，亚投行定位：国际性与区域性的结合。国际性：国际金融体系新的重要组成部分，为中国企业走出去以及人民币国际化奠定基础。区域性：亚投行的筹建是为了服务亚洲

基础设施建设和促进亚洲经济发展，主要任务是支持新兴市场经济体基础设施的融资。

第二，需求决定成败。目前，亚洲基础设施建设水平普遍较差，提升空间巨大。据统计，2010 年至 2020 年，亚洲各国国内基础设施投资合计约需 8 万亿美元，另需近 3000 亿美元用于区域性基础设施建设。"要想富，先修路"的中国发展理念被广大亚洲国家所接受，这种理念传递到哪里，就会把商业需求深耕到哪里。

第三，中国要做"有魅力"的倡议者。今天，中国的国际信任度不断提升，国际社会高度认可"中国优势"，如中国的资金优势、优势产能（高铁、基础设施建设、核电、装备制造等）、话语优势（"一带一路"、亚太自由贸易区等），等等。中国外交逐步由"问题导向"转向"话语权导向"。在国际社会，"大国责任"是指一个国家作为大国所应该承担的义务，这不仅是因为大国对国际政治格局的影响最大，而且还因为在无政府状态中，"权力最大的单元（国家）将担负起特殊责任——提供公共物品"。大国提供公共物品，不仅在于大国能够获得经济收益，也在于大国需要获得社会学意义上的尊重，而后者对大国身份而言是必不可少的。在人类历史的长河里，我们可以看到大国不断地提供公共物品。例如，作为 18、19 世纪最为强大的国家，英国承担了保障国际海道安全的责任，而海道安全是确保自由贸易与经济繁荣的前提条件。中国致力亚投行以及"一带一路"，不仅要推动区域经济繁荣，更要实现"世界岛"的文明互鉴与政治互信。

第四，创始成员国有什么特权。创始成员国的资格确认截止日期为

2015 年 3 月 31 日。金融机构最大的特权是投票权，亚投行投票权分为两个部分：一部分是亚洲区域内国家所占有的 75%，另一部分是区域外非亚洲国家占有的 25%。从原则上来说，创始会员国与其他会员国在法律上的权利和义务并无区别。但是，每一个会员国都要认购亚投行的股份。份额的多少，与会员国利益密切相关，因为会员国投票权的多寡和向组织取得贷款数额的多少取决于一国份额的大小。由此看来，创始会员国的特权主要具有象征意义，即"历史不会忘记"。

第五，亚投行的政治经济学："朋友圈"。美国被冷落，不是被中国，而是被它的欧洲盟友。无利不起早，对于欧洲各国来讲，亚投行是一个分享亚洲机遇的平台。2015 年 3 月 12 日，英国向中方正式提交了加入亚投行的书面确认函。此举立刻引发了"美国老大哥"的不满，因为英国"几乎没有征询美国的意见"。而英国被视为美国全球盟友体系中"最铁"的兄弟，美国感到被出卖。紧随英国，德国、法国、意大利、卢森堡、瑞士也都先后宣布意向性加入。至此，美国最坚定的欧洲盟友"组团"拥向亚投行怀抱。而美国在亚太地区的重要盟友韩国、澳大利亚，甚至日本也在做最后考虑。美国国内不少智库、政要劝告奥巴马，"美国也可以考虑加入亚投行"。

第六，亚投行起步阶段的注意事项与建议：

一是，避免以多边主义之名，履单边主义之实：一定要强调亚投行的多边主义色彩，不要留给外界印象：亚投行服务于中国一国的全球战略与外交政策。

二是，避免简单类比：不要一方面反对别人拿"马歇尔计划"类比

中国的"一带一路",另一方面自我陶醉地把亚投行比作美国的"布雷顿森林体系"。因为,"马歇尔计划""布雷顿森林体系"等制度安排都有维护一国霸权的意味。

三是,避免排他性竞争:不要把美国主导的世界银行、日本主导的亚洲开发银行作为亚投行的对立面。在国际关系中,贵在整合资源,而非塑造敌人。而且世界银行本身属于联合国的一个专门机构。

四是,避免资源多而杂乱,要做"精致资源":在经济上,处理好同金砖银行(2014年7月成立)以及丝路基金(2014年12月成立)等新建资源平台的关系;在安全上,处理好同上海合作组织、APEC、博鳌论坛等已有资源平台的关系。要做"精致资源",要可持续,要换个角度理解"时间就是金钱"。

有人说:"如果你控制了石油,你就控制了所有国家;如果你控制了粮食,你就控制了所有人;如果你控制了货币,你就控制了整个世界。"1945年"布雷顿森林体系"正式建立以来,美国就一直是国际金融体系的绝对霸主,通过IMF和世界银行成功打造了以美元为中心的国际金融秩序。

今天,世界银行已经无法满足发展中国家巨大的贷款需求。发展中国家要想获得美元贷款,不仅流程极为烦琐,更要附加不计其数的条件,特别是苛刻的政治条件越来越多。为此,中国对于亚投行,以及亚投行对于中国都是千载难逢的机遇,要在便利、透明、高效、合规上做文章。做好文章、大文章,关键是内心有料,即我能提供给你需要的——世界才会真正离不开中国!

中哈资本市场互联互通投资路径

——超越陆权海权的新思维

文\许维鸿

盘古智库学术委员，中航证券首席经济学家

随着"一带一路"战略持续升温，越来越多的地方政府和企业行动起来，共同推进中国经济又一次全面开放。中国自古就是一个陆权国家，中亚大国哈萨克斯坦的地缘政治地位格外重要，将成为新丝绸之路投资热点。短短几个月来，中哈两国元首频繁互访，大力推动新丝绸之路经济带的互联互通，并多次强调金融服务在其中的重要作用。

我认为，强调金融业在"一带一路"的杠杆作用，是符合

全球化趋势、符合中国经济转型升级的市场化战略。力求"一带一路"经济互联互通，真正让沿线国家人民受益，也给资本市场带来难得的历史发展机遇。在人民币国际化的大背景下，循着中哈经济优势互补的投资原则，专业的资本市场金融中介和投资者都有着互利共赢的投资路径。

首先需要指出的是，中国和哈萨克斯坦的经济合作，其目的绝不仅仅是为了保障中国的能源安全。其实，哈萨克斯坦自然资源丰富，人均GDP高达1.25万美元，加上1700万的人口基数，使其内需成为一个巨大的目标市场，这对于需要抵御经济下行压力的中国，显得尤为重要。2015年3月，哈萨克斯坦总理马西莫夫访华时，响应中国领导人提出的"产能合作"计划，这种从产品出口层面到产能技术合作领域的"投资故事"，恰恰是资本市场最喜欢的题材。

随着中国经济结构转型，以往靠重工业投资拉动的增长方式终结，很多行业产能过剩，拖累了中国企业，特别是国有企业创新升级的步伐，A股中很多钢铁、化工行业的国有企业股价长时间跌破净资产，和创业板的天价市盈率形成巨大反差。因此，将我们过去30年积累的产能优势和技术优势输出到哈萨克斯坦，是一个双赢的结果。

"产能合作"对"一带一路"的很多国家是有示范效应的，资本市场很多"股性"极差的大国企股票，也许正面临"枯木逢春"的机遇。先知先觉的A股投资者，早已开始挖掘中国领导人2015年5月12日考察白俄罗斯工业园时涉及的中国上市企业，进而形成"一带一路 + 产能合作"的投资板块，这种投资逻辑是有合理性和前瞻性的。

产品互联互通、产能优势互补，带来的是中哈之间的人流、物流、

技术流和现金流，从而形成中哈资本市场合作的坚实基础。两个陆权大国正在构建跨世纪的陆权金融体系，中哈多层次资本市场的互联互通也许才是真正的投资盛宴。

在区域开发性金融层面，每年数百亿基础设施投资规模，给债券市场和PPP资产证券化产品带来需求，也给石油美元等国际低风险偏好资金带来投资良机。这种高信用等级的批发银行投资业务，特别适合近几年迅速崛起的伊斯兰金融，毕竟历经美国次贷危机和欧洲主权债务危机，中国主导的"一带一路"基础设施项目，是阿拉伯投资者分散地缘政治风险的唯一战略选择。

因此，把基础设施项目的融资需求，在伦敦、香港和迪拜等伊斯兰金融中心，通过发行伊斯兰债券方式进行结构化设计和低成本融资，并在沪深等国内交易所以收益权凭证方式同时挂牌交易，不仅可以用石油美元支持"一带一路"基础设施建设，还能有效丰富国内多货币债券交易品种，推进人民币国际化进程。

在企业融资层面，资本市场可以做的就更多了。哈萨克斯坦企业在采矿业、农业等领域具有技术、生产成本、环境生态等比较优势，中国这个巨大的蓝海市场无疑是有诱惑力的。如果龙头企业能够在乌鲁木齐的区域股权市场或是全国新三板、未来的上海国际板市场挂牌交易，不仅能为这些企业融资并在中国打响品牌，还能为中国投资者提供"一带一路"更多优质投资标的。

因此，笔者建议在金融顶层设计上，明确支持"一带一路"沿线国家企业到中国多层次资本市场融资，甚至在沪深交易所、新三板开设

"绿色通道"。在加强法律监管的基础上鼓励金融中介机构大胆创新，鼓励伊斯兰金融的批发银行业务。既然中国的互联网明星企业，如阿里巴巴、新浪等可以去美国上市融资，哈萨克斯坦的明星企业为什么不能到中国上市融资呢？果如此，中哈互联互通的资本市场，一定会为中国的天使投资、风险投资企业、证券公司、基金管理公司、保险公司带来新的国际业务增长点，为新丝绸之路经济发展带插上现代金融的翅膀。